Jana Crämer, TikTokerin, Bloggerin (»Endlich ich«), Influencerin und mit dem Musiker Batomae bundesweit auf Konzertlesungen unterwegs, wog noch vor wenigen Jahren 180 Kilo. Mit ihrem autobiografischen Roman »Das Mädchen aus der 1. Reihe«, auf ihrem Blog und in ihrem Podcast »Schweigen ändert nichts« spricht sie schonungslos über ihre Essstörung. Für ihr Engagement wurde sie 2018 mit dem SignsAward geehrt.

Jana Crämer

Unvergleichlich Du

Wie Du Deine beste Freundin bleibst

Oetinger Taschenbuch

Für meine Patentochter Romy

MIX
Papier aus verantwortungsvollen Quellen
FSC® C002795

Originalausgabe
1. Auflage

Max-Brauer-Allee 34, 22765 Hamburg

Dieses Werk wurde vermittelt durch die AVA international GmbH
Autoren- und Verlagsagentur, München.
www.ava-international.de

Einbandgestaltung: Steffen Meier
Satz: Sabine Conrad, Bad Nauheim
Druck und Bindung: Livonia Print SIA,
Ventspils iela 50, LV-1002, Riga, Lettland
Printed 2021
ISBN 978-3-8415-0655-9
www.jana-craemer.de
www.oetinger-taschenbuch.de

Wie wundervoll, dass du grade diese allererste Zeile liest,

beim Schreiben habe ich mir immer wieder genau diesen Moment vorgestellt, wenn du mein Buch in den Händen hältst. Jetzt ist es so weit, und ich könnte platzen vor Glück.

Wir sind dafür gemacht, schöne Momente mit anderen zu teilen.

Yepp, früher war das für mich vollkommen undenkbar, doch heute habe ich absolut keinen Zweifel mehr daran. Trotzdem, es werden dir in deinem Leben leider auch immer mal wieder Menschen begegnen, die dir das Gefühl geben, du würdest nicht ausreichen. Es werden aus dem Nichts Menschen auftauchen, die dir mit ihrem Verhalten oder ihren Worten einreden, du wärst nicht gut genug und müsstest dich verändern und anpassen, um dazuzugehören.

Ich kenne das. Ja, es tut schrecklich weh, wenn die Gespräche verstummen, sobald man den Raum betritt. Das Ignoriertwerden und die abschätzigen Blicke, weil man nicht dieselben Klamotten wie die anderen trägt oder andere Dinge mag als der Rest, schnüren einem die Kehle zu. Ich erinnere mich nur zu gut an das vernichtende Tuscheln hinter dem Rücken. Dabei wollte ich doch nur eins: dazugehören.

»Was stimmt denn nicht mit mir? Warum bin ich nicht liebenswert?«, waren Gedanken, die mir ständig durch den Kopf gingen. Ich bin immer und immer unsicherer geworden und war irgendwann nur noch damit beschäftigt, den anderen zu gefallen. Ich dachte, ich hätte keinen Platz auf dieser Welt und mit mir Zeit zu verbringen, wäre eine Zumutung für andere. Ich wollte keine Belastung sein, für niemanden.

Es hat eine ganze Weile gebraucht, bis ich verstanden habe, dass ich mich selbst immer weiter zum Opfer habe machen lassen. Mein Auftreten und mein Verhalten haben großen Einfluss darauf, wie mich die anderen wahrnehmen, und ich will ganz ehrlich sein: Wenn ich so auf die letzten Jahre zurückblicke, gab es da schon die ein oder andere Situation, die ich hätte besser machen können.

Ich habe aus meiner Vergangenheit gelernt und bin heute glücklich. Glücklich mit mir und glücklich mit anderen. Alles, was mir im Umgang mit anderen geholfen hat, habe ich für dich in diesem kleinen Schatz zusammengetragen. Auf den folgenden Seiten findest du: Übungen, Seiten zum Ausfüllen und Codes zum Scannen.

Du bist nicht auf der Welt, um anderen zu gefallen. Du bist nicht auf der Welt, damit andere Menschen deine Gefühle beherrschen, deine Laune kontrollieren, dich kleinmachen und dich ausnutzen. Und wenn jemand ein Problem mit dir hat, soll er es doch bitte schön gerne behalten. Ist ja schließlich seins.

Schütze dich vor Menschen, die dir nicht guttun, und beschütze deine Beziehung zu den Menschen, die wertvoll sind. Lass dir von niemandem sagen, dass du etwas nicht kannst. Alles ist möglich, und du hast jede Chance der Welt, deine Träume wahr werden zu lassen.

Ich glaube an dich,
deine Jana

So geht's:

1. Du musst das Buch nicht von vorne nach hinten lesen, aber du könntest. Ganz wie du es magst.
2. An vielen Stellen gibt es Listen, Felder und leere Zeilen zum Ausfüllen. Wenn du deine Ideen und Gedanken gerne mit anderen teilen möchtest, um ihnen zu helfen, poste ein Foto mit dem Hashtag #unvergleichlichdu.
3. Wenn du neugierig bist, wie andere die Seiten ausgefüllt haben, oder einfach etwas Inspiration brauchst, kannst du natürlich auch nach dem Hashtag suchen.
4. In einigen Kapiteln verweise ich auf andere Kapitel, wo du noch etwas tiefer in meine Gedanken dazu eintauchen kannst. Da steht dann in Klammern die jeweilige Seitenzahl. Aber Achtung: Einige Verweise führen dich zurück zu Band 1 dieser Buchreihe: »Unvergleichlich Du! Wie Du Deine beste Freundin wirst«. Falls du es noch nicht zu Hause hast, kannst du es dir vielleicht zum Geburtstag wünschen oder es dir einfach selbst zum Nicht-Geburtstag schenken.
5. Immer wieder dreht es sich um Musik und innere Hymnen, deshalb gibt es natürlich verschiedene Playlists bei Spotify, den jeweiligen Namen verrate ich dir im Text.
6. Die Bastelanleitungen findest du in verschiedenen Tutorials auf meinem YouTube-Kanal.
7. An einigen Stellen gibt es den Hinweis, dass du dir etwas downloaden kannst, dabei entstehen für dich natürlich keinerlei Kosten.
8. Diese Gebrauchsanweisung bitte nicht unter der Dusche lesen.

#JA!

Alle Downloads, Links und Videos findest du auf:

www.unvergleichlich-du.de

Meine YouTube-Videos findest du hier:

www.youtube.de/janacrämer

Bei Instagram findest du mich hier:

https://www.instagram.com/jana.craemer

... dort findest du in den Storyhighlights Templates zum Ausfüllen & Teilen.

Ach ja, und bei TikTok bin ich natürlich auch:

https://www.tiktok.com/@jana.craemer

Unvergleichlich Du

Ich kann mich jetzt zwar nicht mehr so wirklich dran erinnern, aber ich glaube, dass ich mich eigentlich ziemlich gut leiden mochte, als ich auf die Welt kam. Es gibt sogar ein Foto, auf dem ich vielleicht gerade mal zwei oder drei Jahre alt bin, mich im Spiegel ansehe und mir einen Keks freu'. Yepp, ich fand mich super, und es war mir egal, dass mir die Haare quer in alle Richtungen standen, meine Rassel an der linken Ecke eingedödscht war und ich einen alten Body von der Nachbarin anhatte.

Selbst im Kindergarten hatte ich nicht wirklich ein Problem mit mir und der Welt. Na gut, manchmal mit der Erzieherin, weil die immer so schrecklich nach Oma-Parfum gestunken hat, aber ich hab mir einfach die Nase zugehalten, und gut war's.

In der Grundschule ging es dann los: Katharina war größer, Fee war dünner, Sarah hatte so tolle, lange Haare, Sophie konnte unglaublich schnell laufen und weit springen, und das hübsche Kleid von Sina glitzerte so schön. Dass ich jeden Hund in der Nachbarschaft dazu bringen konnte, Pfötchen zu geben, oder aus dem Stand einen Spagat machen konnte, ohne mich aufzuwärmen, zählte nicht mehr für mich. Ich war viel zu sehr damit beschäftigt, mich mit den anderen zu vergleichen. Ja, zu schauen, was die anderen besser konnten oder Schöneres hatten und ich eben nicht. Vergleiche sind nie der Anfang von etwas Gutem, und ich wünsche dir, dass du anderen Menschen etwas von Herzen gönnen kannst (siehe »Gönnen können«, Seite 149), ohne dich dabei selbst herabzusetzen und dich schlecht zu fühlen.

So wie du bist, mit all deinen Talenten, Wünschen, Träumen und Zielen, gehst du eh deinen ganz eigenen Weg. Du bist einfach du und auf deine ganz besondere Art und Weise absolut unvergleichlich – und das ist wundervoll.

Hör auf zu zweifeln und tu das, was du kannst

Wir können nicht alles können, und natürlich gibt es Dinge, um die wir lieber einen riesigen Bogen machen sollten. Schon von Natur aus. Bei mir wäre das definitiv Mathe gewesen, aber da kam ich bedauerlicherweise eine ganze Zeit lang nicht drum herum. In den Klausuren habe ich meinem Kopf sogar so sehr misstraut, dass ich für 10+5 den Taschenrechner genommen habe. Sicher ist sicher, und wenn er schon mal da lag, dann konnte ich ihn auch benutzen. Was ich aber immer ziemlich gut konnte, war Geschichten vorlesen, anderen zuhören oder Ratschläge geben.

Früher war ich trotzdem immer viel trauriger über die Sachen, die ich nicht konnte, als dass ich stolz auf die Sachen war, die ich besonders gut konnte. Wenn mich dann mal jemand gefragt hat, worin ich richtig gut bin, bin ich rot angelaufen, habe hilflos rumgestammelt und so schon mal bewiesen, dass meine Talente aufzuzählen nicht unbedingt zu meinen Kernkompetenzen zählte.

Also habe ich mir zwei Listen gemacht. Eine Liste mit den Dingen, in denen ich gut war. Mit Hunden Gassi gehen war übrigens eins davon. Und in die zweite Liste habe ich die Dinge geschrieben, in denen ich schon ganz okay war, die mir aber so viel Spaß machten, dass ich gerne besser darin werden wollte. Mir haben diese Listen unglaublich geholfen, mir über meine Stärken Gedanken zu machen, und wenn es dir selbst noch schwerfällt, frag doch mal deine Eltern oder liebe Freunde, ob sie dir beim Ausfüllen der beiden Listen helfen. Wenn es dir hingegen leichtfällt, ist das super und sollte definitiv mit auf deine »Was ich ganz besonders gut kann«-Liste, denn sich seiner Stärken bewusst zu sein, ist eine ganz tolle Eigenschaft, und ich bewundere jeden, der das gut kann.

Ich rate dir jetzt auf keinen Fall, dich vor den Dingen zu fürchten, die nicht auf deinen Listen stehen, aber wenn »Mit Hammer und Nagel ein Bild aufhängen« nicht draufsteht, ist es völlig okay, hier um Hilfe zu bitten. Ach, und wenn es dir leichtfällt, um Hilfe zu bitten, ist das auch ein Megatalent.

Was ich ganz besonders gut kann

1 ____________________

2 ____________________

3 ____________________

4 ____________________

5 ____________________

6 ____________________

7 ____________________

8 ____________________

9 ____________________

10 ____________________

#JA!

Hier ist mein Talent auf jeden Fall ausbaufähig

1 ______________________________

2 ______________________________

3 ______________________________

4 ______________________________

5 ______________________________

6 ______________________________

7 ______________________________

8 ______________________________

9 ______________________________

10 ______________________________

NEIN!

»Ihnen passiert schon nichts«

Ich dachte eigentlich immer, dass ich eine relativ gute Menschenkenntnis hätte. Ich dachte, ich könnte den Menschen ansehen, ob es ihnen grade gut oder schlecht geht, ob sie Streit suchen oder in den Arm genommen werden wollen. Von wegen!

Die wohl wertvollste Erfahrung in puncto »Du kannst den Menschen nur vor'n Kopf gucken – scheiß auf Vorurteile aufgrund von Äußerlichkeiten« habe ich bei einem Auftritt an einem Berufskolleg in NRW gemacht.

»Wir unterrichten hier den Bodensatz der deutschen Schüler. Gewalt und Waffen sind an der Tagesordnung, aber haben Sie mal keine Angst, wir haben genug Lehrer in der Aula. Ihnen passiert schon nichts«, waren die Worte der Lehrerin, die mich und Batomae auf dem Pausenhof freudestrahlend in Empfang nahm und mir dabei aufmunternd auf die Schulter klopfte.

Die Worte »Ihnen passiert schon nichts« weckten Erinnerungen an meine Schulzeit, die ich über viele Jahre mit aller Kraft verdrängt hatte.

Während die Lehrerin sich seelenruhig wieder auf den Weg zu ihrer Klasse machte, fingen Batomae und seine Bandjungs an, das Equipment für unsere Konzertlesung, in der wir meine Geschichte mit seiner Musik verschmelzen lassen, in die Aula zu schleppen. Die nächsten drei Stunden war die Band mit Aufbau und Soundcheck beschäftigt, und ich hatte also mehr als genug Zeit, mich verrückt zu machen. Mehr als eh schon vor jedem Auftritt.

Hier kannst du die Musik von Batomae anhören

Es gibt einfach Menschen, die für die Bühne geboren sind, und es gibt mich. Ich bin eher für die erste Reihe vor der Bühne geboren. Aber inzwischen bin ich es so unglaublich leid, mich zu verstecken. Außerdem bin ich eh der festen Überzeugung, dass wir alle viel mehr draufhaben, als wir uns selbst zutrauen.

Ja, zugegeben, diese feste Überzeugung habe ich eher nach den Auftritten. Vorher frage ich mich regelmäßig nur eins: Ob ich noch alle Latten am Zaun habe, warum ich das immer und immer wieder mache, und ich steigere mich schier endlos in mein Lampenfieber hinein.

Während die Band in der Aula des Berufskollegs weiter die Bühne aufbaute, lieferte ich mir ein Anstarr-Duell mit dem Keksteller – es waren kleine Blätterteigröllchen zur Hälfte mit dunkler Schokolade überzogen –, als plötzlich ein lächelnder Batomae vor mir stand. Auf seine Frage »Weißt du, was wir heute machen?«, schoss es aus mir wie aus einer Pistole: »Zusammenpacken und abhauen?«

»Nein, wir vergessen die Worte der Lehrerin und machen das, was hier wohl viel zu selten gemacht wird. Wir gehen gleich ohne Vorurteile da hoch und haben mit den Schülern 90 Minuten lang eine gute Zeit, in der sie mal alles vergessen können«, entgegnete er und lächelte weiter.

Ich hasse es, wenn er so ist. Der Typ ist fünf Jahre jünger als ich und weise wie ein 90-Jähriger.

Manchmal könnte ich ihn dafür echt würgen. Und nein, das war nicht der Moment, als ich meine Vorurteile über Bord warf. Das war der Moment, als ich eine Schnute zog und die Arme vor der Brust verschränkte. Genau, wie eine bockige Fünfjährige. Immer ein untrügliches Zeichen, dass er recht hat. Leider weiß er das nur allzu gut, und er liebt es.

Später auf der Bühne hätte man, während ich aus meiner Vergangenheit erzählte, eine Stecknadel fallen hören können, und wenn dann zwischendurch meine Erinnerung mit der Musik verschmolz und mein bester Freund uns mit seiner unglaublichen Stimme in seinen Bann zog, vergaßen wir wohl alle für einen Moment, dass wir uns mitten in einer Schule befanden. Ich hatte mich völlig zu Unrecht bekloppt gemacht, denn die Schülerinnen und Schüler waren begeistert, dass es keine öde Infoveranstaltung zum Thema Essstörungen mit Ernährungspyramide, BMI-Rechner und erhobenem Zeigefinger gab, sondern die wahre Geschichte einer Betroffenen mit Konzert-Feeling.

Zum Ende, als die abgedunkelte Aula von einem schier grenzenlosen Handy-Lichtermeer zum Leuchten gebracht wurde, sich Schülerinnen in den Armen lagen und gegenseitig die Tränen trockneten, hätte ich für immer dort oben auf der Bühne sitzen bleiben wollen. Ich wollte diesen Moment in meine Schatzkiste der Erinnerungen stecken, um ihn nie wieder zu verlieren. Doch Batomae streckte mir seine Hand entgegen, wir machten mit den Schülern, wie sich das für ein Konzert gehört, das obligatorische Band-mit-Publikum-Selfie und verließen unter tosendem Applaus die Bühne.

»Was? Ist er wirklich nur dein bester Freund?« und »Los, bitte sag, dass da mehr ist!«, sprudelte es aus den Mädchen heraus, während wir Selfies machten und ich fleißig Bücher signierte. Die Stimmung war mehr als ausgelassen, überall wurde gekichert und gelacht, als binnen Sekunden alles kippte.

Kennst du das, wenn es plötzlich eiskalt wird und du das Gefühl hast, als wäre irgendwo in unmittelbarer Nähe etwas Schlimmes passiert, was scheinbar nur du nicht mitbekommen hast?

Genauso ging es mir, und als ich mich völlig irritiert umsah, erblickte ich einen jungen Mann, vielleicht so um die 16, mit einer Aura, wie sie beängstigender nicht hätte sein können. Ich sah, wie Schülerinnen und sogar ältere Schüler zur Seite wichen, und dachte nur: Der haut mir jetzt auf die Fresse. Wirklich, genau das war mein Gedanke, während ich mich nach Batomae umschaute, der – von Mädels in Beschlag genommen – fleißig Autogramme vor dem großen Band-Banner schrieb.

Es gab schon bei vielen Lesungen immer mal wieder einige Schüler, die mit den Emotionen der Lesung so überfordert waren, dass sie sich Luft machen mussten. Meist aber eher, indem sie an unpassenden Stellen laut lachten (siehe »Lachen ist leichter als Weinen«, Seite 99) oder auf meine Kosten Witze rissen, um Druck abzulassen. Es gelingt mir inzwischen auch schon von Mal zu Mal immer ein bisschen mehr, diese Situationen der Überforderung dann nicht mehr persönlich zu nehmen, aber das hier war anders. Das hier war schon extrem persönlich, wie er da auf mich zukam.

Als er unmittelbar vor mir stand, schaute ich ihm direkt in die Augen. Seine ganze Körperhaltung strahlte so eine Überheblichkeit, so eine Dominanz aus, aber seine Augen waren tief und weich. Hier passte nichts, aber auch wirklich gar nichts zusammen, und so stand ich einfach nur vor ihm, unfähig, irgendetwas zu ihm zu sagen. In der kompletten Aula war es mucksmäuschenstill, und ich hatte das Gefühl, dass alle auf uns schauten.

»Frau Crämer«, sagte er mit brüchiger Stimme, »ich habe vor vier Jahren die Diagnose bekommen, dass ich sehr krank bin. Vor vier Jahren habe ich jede Hoffnung verloren. Vor vier Jahren habe ich mich verloren. In den letzten 90 Minuten habe ich mich wiedergefunden. Ich danke Ihnen.«

Es brauchte ein paar Sekunden, bis mich seine Worte erreichten, aber dann trafen sie mich mit voller Wucht, und meine Augen füllten sich mit Tränen. Als ich angefangen habe zu weinen, hat er mich umarmt. Obwohl wir uns noch nie gesehen hatten, hat mich dieser unvergleichliche junge Mann einfach nur ganz fest in seine Arme geschlossen und festgehalten. Ich kann nicht in Worte fassen, wie sehr mich dieser Moment berührt hat und noch heute berührt.

Drei Wochen später hat uns die Lehrerin noch mal angerufen und erzählt, dass die Schule nun ihren eigenen Helden hat, ihren eigenen »Batomae«. War dieser Junge früher derjenige, der geprügelt und gemobbt hat, ist er nun derjenige, an den sich die Schüler wenden, wenn es ein Problem gibt, wenn es etwas zu schlichten gilt. Und bei ihr hatte er sich direkt nach der Konzertlesung auch bedankt, dass sie so sehr an ihn geglaubt hat, ihn nicht von der Veranstaltung auszuschließen. Sie hat an ihn geglaubt, als nicht mal er selbst es konnte. Ja, manchmal braucht es nur jemanden, der etwas in uns sieht und an uns glaubt, wenn wir es selbst nicht können.

Wenn du dir wünschst, dass wir deine Schule mit unserer Konzertlesung besuchen, sprich doch mal mit deinen Lehrern. Wenn ihr dann alle Lust drauf habt, findest du auf **www.unvergleichlich-du.de** die Möglichkeit, uns zu schreiben.

Geteiltes Leid ist halbes Leid

Früher habe ich viele Dinge nur mit mir ausgemacht, bis mein innerer Druck irgendwann so unerträglich wurde, dass ich mich mit irgendwem grundlos gestritten habe. Ich habe dann aus einer Mücke 'nen Elefanten gemacht, nur um einen Streit zu provozieren und meinen inneren Druck irgendwie loswerden zu können. Meist habe ich meine Wut genau an den Menschen ausgelassen, die mich bedingungslos geliebt haben, wie meine Mama. Egal, wie unfair und gemein ich war, ich brauchte keine Angst zu haben, sie zu verlieren.

Ein Streit schien mir allemal besser als die Wahrheit, denn ich hatte Angst, dass meine Mama traurig würde, wenn ich ihr erzählte, dass ich mich in der Schule schrecklich unwohl fühlte und die anderen oft gemein zu mir waren. Ich wollte nicht, dass sie traurig war, also behielt ich meine Sorgen für mich.

Als ich dann eine beste Freundin in meiner Klasse gefunden hatte, hab ich auch ihr nicht erzählt, wenn die anderen gemeine Sache zu mir sagten und fies tuschelten, wenn ich an ihnen vorbei auf den Schulhof ging. Noch schlimmer fühlte es sich an, wenn ich mich zu einer Gruppe dazustellte und die Gespräche verstummten, ehe sich dann alle verstreuten oder mir mit abschätzigen Blicken zu verstehen gaben, dass ich unerwünscht war. Auch das erzählte ich ihr nicht, denn ich wollte nicht, dass sie sich einmischte und ich dann als kleine Petze dastand. Ich dachte, wenn ich es einfach lang genug runterschlucke und niemandem davon erzähle, wird es schon irgendwann von allein aufhören.

Aber es hörte nicht auf, ganz im Gegenteil. Ich wurde immer unglücklicher, hab mich mehr und mehr abgekapselt und so selbst die vergrault, die vorher gerne mit mir zusammen waren. Ich wäre fast zur Außenseiterin geworden, wenn mich nicht irgendwann meine beste Freundin geschnappt und ausgequetscht hätte. Nachdem sie mir versprochen hatte, sich nicht einzumischen, erzählte ich ihr, was mich so sehr bedrückte. Allein, dass ich es ihr anvertrauen konnte, tat schon unheimlich gut und lockerte den einschnürenden Panzer um meine Brust.

Außerdem hatte sie noch einen super Ratschlag für mich, den ich nie wieder vergessen habe: Wenn die anderen ein Problem mit dir haben, mach es nicht zu deinem Problem. Sollen sie es doch behalten, es ist ja schließlich ihr Problem und nicht deins.

Mit meiner Mama habe ich dann auch ab und zu mal darüber gesprochen, was in der Schule los war. Jetzt nicht in allen Einzelheiten, aber ich habe ihr schon erzählt, wenn mich jemand besonders geärgert hat. Statt sich um mich zu sorgen, hat sie mir zugehört und Tipps gegeben. Ich hatte das Gefühl, dass es für sie ein schönes Kompliment war, dass ich ihr so sehr vertraute.

Da es, seitdem ich nicht mehr alles mit mir allein ausmachte, aber auch immer besser mit den anderen in der Schule klappte, konnte ich meiner Mama auch viele schöne Dinge erzählen. Geteiltes Leid ist halbes Leid, aber geteiltes Glück ist auch doppeltes Glück. Deshalb nutze unbedingt die Chance, nicht nur dein Leid mit deinen Liebsten zu teilen, sondern auch dein Glück. Sich mit jemandem zu freuen, ist nämlich mindestens genauso wertvoll.

Hast du schon mal jemandem etwas anvertraut, was nicht so gut gelaufen ist?

Weißt du noch, was das Problem war?

Wie hast du dich gefühlt, bevor du drüber gesprochen hast?

Wie danach?

Kannst du versuchen, das Gefühl zu beschreiben?

Sorgenschiffchen

Ich liebe es, aufs Wasser zu gucken. Nein, nicht auf die Flasche Wasser auf meinem Schreibtisch, aus der ich viel öfter mal einen Schluck nehmen sollte (siehe Seite 124). Ich meine das Meer, einen Fluss oder auch einen kleinen Bachlauf im Wald. Besonders dann, wenn es mir nicht gut geht, hat fließendes Wasser eine unglaublich beruhigende Wirkung auf mich.

Ich mag es, einfach nur dazusitzen und zuzuschauen. Obwohl, nein, das stimmt nicht ganz. Ich schaffe es nicht, einfach nur dazusitzen und an nichts zu denken. Ich bewundere jeden, der das kann, denn ich glaube, dass es guttut, aber mir gelingt es nicht. Mir gelingt aber etwas anderes.

Während ich so dasitze und aufs Wasser gucke, nehme ich meine trüben Gedanken und setze sie auf imaginäre Papierschiffchen, um sie einfach so, mir nichts, dir nichts davonschwimmen zu lassen. Da ich so aktiv auf viele Blätter Papier verzichte, zählt diese kleine gedankliche Übung schon fast als Umweltschutz.

Noch schöner ist es im Herbst, wenn das Laub bunt von den Bäumen fällt. Dann sammle ich ein paar besonders schöne Exemplare, setze meine Sorgen drauf und schicke sie flussabwärts.

Und auch wenn ich grade so nett davon erzähle, winke ich meinen Sorgen ganz bestimmt nicht mit einem Taschentuch hinterher. Nee, nee, so weit kommt's noch.

Kritikfähigkeit

Menschen, die viel machen, werden öfter kritisiert als Menschen, die wenig machen. Wenn sich das Ganze dazu noch in der Öffentlichkeit abspielt, völlig egal ob im Internet, bei Auftritten oder in der Schule, vervielfacht sich die ganze Sache, denn je mehr Menschen es mitbekommen, desto mehr Menschen haben plötzlich auch eine Meinung dazu.

Kritik muss dabei absolut nicht negativ sein. Im Gegenteil, denn Kritik ist im Grunde nur die Beurteilung anhand von Maßstäben. Verläuft die Beurteilung eher in die Richtung, dass die Maßstäbe nicht erreicht werden, sorgt Kritik schon mal für schlechte Laune. Zumindest war das früher bei mir so. Wenn Kritik nicht gut war, hat sie mich verletzt, auch wenn sie noch so konstruktiv und lieb formuliert war.

Wenn ich was gebastelt hatte, wollte ich, dass meine Mama es sich anschaut und toll findet. Wenn ich eine Geschichte geschrieben hatte, konnte ich es nicht erwarten, Feedback von meinen Testlesern, die meist aus meinem engsten Freundeskreis bestanden, zu bekommen. Nein, falsch, ich konnte es nicht erwarten, Lob zu bekommen. Alles andere sollten sie mal getrost für sich behalten.

#NEIN!

#JA!

Heute ist das anders. Klar, die Kommentare von irgendwelchen Trollen und Hatern unter meinen YouTube-Videos und Posts bei Instagram ignoriere ich inzwischen gekonnt, Spinnern braucht man keine Aufmerksamkeit zu schenken. Aber wenn Kritik konstruktiv und freundlich formuliert ist, höre ich sie mir sehr gerne an.

Während ich mir die Kritik anhöre, mache ich mir so meine Gedanken:

1. Von wem kommt die Kritik?
2. Nehme ich die Person ernst, oder ist es nur jemand, der sich wichtigmachen möchte?
3. Wie ist die Kritik formuliert? Sachlich oder persönlich verletzend?
4. Welcher Grund steckt hinter der geäußerten Kritik? Möchte die Person sich selbst besser fühlen, oder möchte die Person, dass ich etwas mit der Kritik anfangen kann?
5. Ist die Kritik berechtigt? Kann ich nachvollziehen, warum es ihm oder ihr nicht so gut gefällt?
6. Ist es nur seine oder ihre ganz persönliche Meinung, oder könnten auch andere zustimmen?

Und dann stelle ich mir die entscheidende Frage: Motiviert mich die Kritik, etwas zu ändern, oder gefällt es mir trotzdem so, wie es ist? Denn manchmal bestärkt mich Kritik sogar noch mehr darin, dass ich etwas gut und richtig finde. Was ich tue, muss absolut nicht jedem gefallen. Wichtig ist, dass es mir gefällt und dass ich es feiere.

Und genau den Rat möchte ich auch dir geben: Verschließ dich nicht vor gut gemeinter Kritik, aber wenn sich jemand nur auf deine Kosten wichtigmachen will und im Grunde nichts Konstruktives zu sagen hat: Scheiß drauf. Die Menschen, die am lautesten und fiesesten kritisieren, sind nicht selten genau die Menschen, die selbst nix gebacken kriegen.

Außerdem, was wäre denn die Alternative? Die Alternative, um jeglicher Kritik zu entgehen, wäre nur, ab sofort gar nichts mehr zu tun. Wer nichts macht, kann nichts falsch machen. Was im ersten Moment super entspannt klingt, ist bei näherer Betrachtung aber doch extrem langweilig.

Wer sich zeigt, viel ausprobiert und sein Leben in die Hand nimmt, wird über kurz oder lang mit Kritik konfrontiert, und wenn wir es schaffen, die Kritik als Energie zu nutzen, gibt sie uns Schwung und macht uns noch sicherer in unserer Meinung.

Übung:

Was ist das Letzte, worauf du richtig stolz warst und wofür du kritisiert worden bist?

Nun stelle dir die sechs Fragen, die ich mir auch stelle, wenn mich Kritik erreicht.

1. Von wem kommt die Kritik?

2. Nehme ich die Person ernst oder ist es nur jemand, der sich wichtigmachen möchte?

3. Wie ist die Kritik formuliert? Sachlich oder persönlich verletzend?

. . . .

. . . .

. . . .

. . . .

. . . .

. . . .

. . . .

. . . .

4. Welcher Grund steckt hinter der geäußerten Kritik? Möchte die Person sich selbst besser fühlen, oder möchte die Person, dass ich etwas mit der Kritik anfangen kann?

. . . .

. . . .

. . . .

. . . .

. . . .

. . . .

. . . .

. . . .

. . . .

. . . .

#JA!

#?!

5. Ist die Kritik berechtigt? Kann ich nachvollziehen, warum es ihm oder ihr nicht so gut gefällt?

6. Ist es nur seine oder ihre ganz persönliche Meinung, oder könnten auch andere zustimmen?

Liebe geht durch den Magen

Früher habe ich es geliebt, mir was von der Pommesbude zu holen oder einfach schnell eine Pizza in den Ofen zu schieben. Heute genieße ich es, selbst zu kochen. Yepp, eine Tüte aufzureißen und den Inhalt in die Pfanne zu schmeißen, ist auch Kochen. Ich dachte sehr lange, dass alles gut wäre, solange ich nur nicht wieder übermäßig viel – oder eben andersherum: viel zu wenig - essen würde. Ich hätte nie geglaubt, welchen riesigen Unterschied es für meinen Körper macht, womit ich ihn bekoche.

Seit ich mich aber für meinen YouTube-Kanal und meinen Blog mit meinem Stoffwechsel und den Vorgängen in meinem Körper beschäftige, ist mir nicht nur wichtig, dass ich esse, sondern ebenso wichtig, was ich esse. Inzwischen weiß ich, welche Nährstoffe mein Körper benötigt, und ich spüre, wie gut es uns tut, wenn er sie von mir bekommt. Schöne Haare, feste Nägel und rosige Haut sind tatsächlich größtenteils Ernährungssache.

Mein Körper hat ja nur mich, die ihn mit allem verpflegt, und ich habe nur ihn, der mit mir durchs Leben geht und mir nicht eine Sekunde von der Seite weicht. Wir hatten leider Startschwierigkeiten, aber ich versuche, es wiedergutzumachen und ihn bestens zu verwöhnen, denn Liebe geht durch den Magen.

Versteh mich nicht falsch, ich bin absolut kein Fan von diesem neuen Superfood-Hype, und es müssen auch um Himmels willen keine megateuren Edeldelikatessen sein. Ich mag es, wenn mein Essen aus der Region kommt und nicht erst quer durch die halbe Welt reisen musste, um bei mir auf dem Teller zu landen. Außerdem achte ich darauf, dass ich mich ausgewogen ernähre. Was ausgewogen bedeutet? Es gibt Tausende Ernährungspyramiden, und die alten Ägypter wären sicher schrecklich stolz auf mich, wenn ich jetzt noch die 1001. Pyramide zu dem Thema bauen würde, aber da vertraue ich den Experten.

Kohlenhydrate, Eiweiß, Fett & Vitamine

Unser Körper benötigt zur Aufrechterhaltung aller Funktionen ausreichend Energie und diese rund um die Uhr. Selbst wenn wir nur auf der Couch oder im Bett liegen und ganz schwer mit Nichtstun beschäftigt sind, arbeitet unser Körper, um uns am Leben zu erhalten. Er stoffwechselt und atmet einfach so vor sich hin, ohne dass wir bewusst etwas tun müssten. Obwohl, so ganz stimmt das nicht, denn etwas müssen wir schon tun: Wir müssen ihn mit Nährstoffen versorgen.

Die drei sogenannten Makro- oder Hauptnährstoffe sind: Kohlenhydrate, Fett und Eiweiß. Sie werden im Verdauungstrakt aufgespalten, über das Blut zu den Zellen transportiert und dort verbraucht. Der Energiegehalt eines Lebensmittels wird in Kilokalorien (kcal) gemessen.

Fett hat einen Energiegehalt von 9,3 kcal pro Gramm.

Eiweiß hat einen Energiegehalt von 4,1 kcal pro Gramm.

Kohlenhydrate haben einen Energiegehalt von 4,1 kcal pro Gramm*.

Fett ist eine super Energiequelle, zudem kann der Körper die lebensnotwendigen Vitamine A, D, E und K nur mithilfe von Fett aufnehmen. Essen wir also kein Fett, sparen wir zwar Kalorien, sterben aber. Blöd.

Eiweiß (Protein) versorgt uns mit Aminosäuren und Stick-

* Dieser Wert ändert sich übrigens auch nach 18:00 Uhr nicht.

stoff. Das sind die Baustoffe für Zellen und Gewebe, wie Muskelfasern, Organe und Blut. Essen wir kein Eiweiß, sparen wir zwar auch Kalorien, aber wir sterben wieder. Auch blöd.

Kohlenhydrate sind neben dem Fett auch sehr gute Energielieferanten. Sie sind besonders für Muskulatur und Gehirn eine wichtige Energiequelle. Essen wir also keine Kohlenhydrate, sterben wir nicht nur, sondern wir sterben dumm, und das ist dann gleich doppelt blöd.

Diese drei Makronährstoffe Kohlenhydrate, Protein und Fett brauchen Unterstützung von den Vitaminen, sogenannten Mikronährstoffen, um ihre Wirkung in unserem Körper entfalten zu können. Oft genügen schon Kleinstmengen der wichtigen Substanzen. Doch diese müssen von uns aktiv über die Nahrung zugeführt werden, da unser Körper Vitamine und andere Mikronährstoffe bis auf ganz wenige Ausnahmen nicht selbst herstellen kann.

Natürlich ist das grade super vereinfacht dargestellt, und Experten könnten stunden- oder tagelange Vorträge drüber halten, aber das würde hier dann doch den Rahmen sprengen. Außerdem habe ich jetzt Hunger bekommen und muss meinen Körper dringend mit neuer Energie versorgen. Wenn du noch mehr über Ernährung und Nährstoffe erfahren möchtest, schau mal auf www.unvergleichlich-du.de vorbei, dort gibt's reichlich Infos und Tipps. Nicht nur von mir, sondern auch von Experten, die sich bestens auskennen.

Übung:

Wenn du das nächste Mal bei deinem Hausarzt bist und du dir Blut abnehmen lässt, frag doch mal, ob er oder sie dir das sogenannte Blutbild erklärt. Ich fand das super spannend und hab auch ein YouTube-Video dazu online gestellt.

Gemeinsam leiden ist kein schönes Hobby

Natürlich gibt es Tage, an denen wir uns am liebsten unter der Bettdecke verkriechen wollen. Am liebsten unter einer Bettdecke mit ganz vielen Süßigkeiten. Wenn wir noch jemanden mit unter unsere Bettdecke einladen, müssen wir zwar die Süßigkeiten teilen, haben aber jemanden, der uns zuhört, für uns da ist und uns in den Arm nimmt. Nun kommt die alles ent-

scheidende Frage: Tun uns die Gespräche unter der Bettdecke gut, oder geht's uns dadurch nur noch mieser, dass wir immer tiefer im Sumpf der Traurigkeit versinken?

Es gibt Menschen, die suchen nach Lösungen, lenken unseren Blick auf das Positive und bauen uns auf. Wenn du so jemanden an deiner Seite hast, ist das ein riesiges Glück, und du solltest, wann immer es möglich ist, deine Bettdecke und deine Süßigkeiten teilen.

Ebenso gibt es aber auch Menschen, die super gerne mit unter deine Decke kriechen, von deinen Süßigkeiten naschen und dir zuhören. So weit, so gut, aber anstatt dir Kraft und Hoffnung zu schenken, genießen sie es, mit dir zu jammern. Gar nicht mal, weil sie sich über dein Leid freuen oder dir Schlechtes wünschen, nein, absolut nicht. Aber sie genießen es, für dich da zu sein und von dir gebraucht zu werden. Sie meinen es nicht unbedingt böse, aber gut tun sie dir trotzdem nicht. Gemeinsam leiden ist kein schönes Hobby!

Ich bin voll bei dir, wenn du jetzt sagst, dass es Zeiten gibt, in denen man nichts von irgendwelchen Hoffnung schenkenden Postkartensprüchen hören will. Ja, es gibt Zeiten, die sind zum Heulen da. Dann möchte man einfach nur mit Schokolade in der einen und verrotztem Taschentuch in der anderen Hand voller Schwung ganz tief runter ins Jammertal rasen. Völlig okay, diese Zeiten kenne ich auch, und wir müssen nicht immer stark sein, das kann niemand, und das muss auch niemand.

Nimm dir die Zeit, die du brauchst, und gönn sie dir, aber wenn du unten im Tal angekommen bist, vergiss bitte nicht, dass du den Abschwung nutzen kannst, um dich aus dem dunklen Tal hinauf auf den nächsten Berg zu schwingen.

Verbindlich sein

Ich liebe es, wenn Menschen verbindlich sind. Ich finde es eine unglaublich wertvolle Eigenschaft, wenn jemand das, was er sagt, auch genauso meint und eine Ankündigung, die er macht, auch einhält. Viel zu lange habe ich mich mit Menschen aufgehalten, die mich hingehalten haben, Versprechungen seltenst eingelöst und Termine nie eingehalten haben.

Wenn Menschen ihre eigene Zeit als wertvoller als deine Zeit ansehen, läuft etwas grundlegend falsch. Wenn sie dich dann noch, weil ihnen kurzfristig was dazwischengekommen ist, ganz hängen lassen, geht das gar nicht. Okay, wenn ihnen ein Notfall dazwischengekommen ist, weil die Oma von der Leiter gefallen ist und ins Krankenhaus gebracht werde musste, ist das was anderes, aber wenn sie einfach nur eine andere Verabredung wahrnehmen möchten, die sich in ihren Augen kurzfristig als spannender erwiesen hat, ist das einfach nur unmöglich und gemein.

Ich schätze Verbindlichkeit und Zuverlässigkeit an anderen und bin auch selbst so. Meist bin ich sogar schon zehn Minuten früher am vereinbarten Treffpunkt, da man ja nie weiß, ob der Bus pünktlich kommt oder nicht doch noch eine Ampel plötzlich auf Rot springt. Yepp, ich bin stolz, wenn Menschen über mich sagen, dass man sich auf mich verlassen kann.

Wenn du selbst verbindlich bist, werden sich ganz automatisch Menschen um dich scharen, die diese Eigenschaft an dir schätzen und auch selbst so sind. Lass nicht zu, dass jemand mit deiner Zeit spielt, und sprich es ganz offen an, wenn's doch passiert.

Auf der anderen Seite würde ich aber auch niemals eine Freundschaft beenden, wenn jemand ein mieses Zeitgefühl hat, aber sonst der allerliebste Mensch der Welt ist. Jeder Mensch hat etwas, worin er nicht gut ist, und dann liegt es an uns, da eine Lösung zu finden, mit der sich keiner schlecht fühlt. Mein bester Freund Batomae muss sich schon sehr bemühen, um pünktlich zu sein. Nicht, weil ihm meine Zeit egal ist, sondern vielmehr, weil er drei Leben gleichzeitig führt und von Termin zu Termin springt. Außerdem ist er Musiker, und kreative Menschen haben selten ein gutes Zeitmanagement.

Wir haben den Deal, dass er sich sofort meldet, wenn er absehen kann, dass es später wird. Und ich habe dann die Möglichkeit, noch etwas anderes anzufangen, bis er da ist. Wenn es dann bei mir etwas länger dauert, wartet er, ohne zu murren, bis ich fertig bin, bevor wir unsere gemeinsame Zeit beginnen. Wir nennen das liebevoll »Gleitzeit«, und es fühlt sich nach einem schönen Kompromiss an, da ich weiß, dass ich mich zu 100 Prozent auf ihn verlassen kann, wenn es wirklich drauf ankommt.

Die Telefontortur

Ich liebe WhatsApp. Punkt. Yepp, dass könnte ich eigentlich genau so stehen lassen, und alles wäre gesagt. Denn das Schöne an WhatsApp-»Gesprächen« ist es ja eben, dass ich nicht sprechen muss. Ich habe Zeit, mir meine Antwort gründlich zu überlegen, diese zu tippen, fünf Mal durchzulesen, nur um dann doch wieder alles zu löschen und als Antwort »Super, so machen wir's« zu schreiben. Klar kommt das komisch, wenn vorher 5 Minuten lang oben unter meinem Namen »schreibt ...« angezeigt wurde, aber das nehme ich gerne in Kauf, da ich so ums Telefonieren herumkomme.

Früher hatte ich sogar regelrecht Angst zu telefonieren. Nicht nur, wenn es darum ging, mit jemandem zu telefonieren, für den ich schwärmte. Nein, sogar bei der Pizzeria anzurufen kostete mich endlose Überwindung, obwohl ich immer exakt dasselbe bestellte. Soll ich verraten, was ich gemacht habe? Bei der Pizzeria habe ich mir einfach meinen kompletten Text vorgeschrieben, sodass ich ihn ablesen konnte. Vom »Hallo« über meine Bestellung bis hin zur Adresse.

Beim Telefonieren mit meinem Schwarm gestaltete sich das schon schwieriger, aber auch das war zu schaffen, indem ich mir einen Zettel nahm, oben in die Mitte »Hallo« und meine erste Frage schrieb, ab dort verzweigten sich dann meine Reaktionsmöglichkeiten, je nachdem, welche Antwort er gab. Außerdem habe ich unten noch ein paar schlaue Notfallsätze und Themen hingeschrieben, wenn das Gespräch dann doch drohte, ins Stocken zu geraten.

Klingt für dich nach einer völlig bescheuerten Idee? Mir hat das echt total geholfen, mich sicherer zu fühlen, und irgendwann habe ich dann schon nach dem Hallo nicht mehr drauf geschaut, weil es sich einfach ganz natürlich und locker angefühlt hat. Und ganz ehrlich, wenn am anderen Ende wirklich die richtige Person sitzt, ist auch ein Schweigen zwischen euch überhaupt nicht peinlich. Und sollte sich das Gespräch dennoch, trotz deiner hervorragenden Vorbereitung, zu einem Desaster entwicklen, kannst du immer noch ein Funkloch vortäuschen und auf WhatsApp umsteigen.

Zeit hat man nicht, Zeit nimmt man sich

Viel zu lange habe ich versucht, meinen Körper und seine Warnzeichen zu ignorieren. Ganz nach dem Motto: Was ich nicht spüre, das ist auch nicht da. Heute hingegen bemühe ich mich sogar sehr genau, auf ihn zu hören und hinzufühlen, weil ich weiß, dass er auf meiner Seite ist und nur das Allerbeste für mich will. Ich bemerke Stress und den innerlich steigenden Druck zum Beispiel daran, dass ich meine Zunge gegen die Zähne oder unter den Gaumen presse, meine Daumen quetsche oder die Hände zu Fäusten balle.

Ich lerne mehr und mehr, auf meinen Körper zu achten, und baue mir auch ganz bewusst immer mal wieder kleine Miniauszeiten in den Tag ein. Und zwar bevor es zu spät ist. Ich würde flunkern, wenn ich behaupte, dass mir das immer gelingt, aber es gelingt mir schon sehr viel besser, und das ist doch schon mal was.

Kleine 5 Minuten können sein:

* Spazieren gehen, um 10.000 Schritte* voll zu bekommen, und dabei genau darauf achten, wie sich der Boden unter meinen Füßen anfühlt. Ist er weich wie ein Waldboden, steinig, wie ein Kieselweg, asphaltiert oder sogar rutschig wie nach einem Regenschauer?

* Meine »An Deiner Seite«-Playlist hören, dabei die Augen schließen und mir jedes Wort, jede Textzeile des Songs bildlich vorstellen, als wäre ich die Hauptfigur der Geschichte.

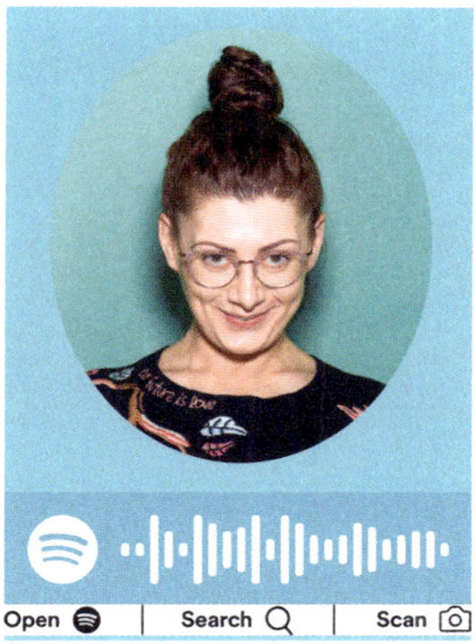

* Unter die Dusche gehen, die Temperatur der Wasserbrause immer mal wieder ändern und mit dem Wasserstrahl jede Kurve meines Körpers abfahren, so dass ich ihn intensiv spüren kann. Okay, das ist zugegeben nur etwas für die wirklich, wirklich guten Tage. Aber die gibt's.

* An die letzten Wochen zurückdenken, Papier und Stift zur Hand nehmen, um doch noch den wundervollen Moment für meine Schatzkiste der Erinnerungen festzuhalten, bevor er verblasst.

Welche Ideen hast du, was uns 5 Minuten lang guttun könnte?

* ______
* ______
* ______
* ______
* ______
* ______
* ______
* ______
* ______
* ______
* ______
* ______
* ______
* ______
* ______

* Ich habe das Spazierengehen für mich entdeckt:
Tatsächlich gibt es einen ungefähren Richtwert, wie viele Kalorien beim Spazierengehen verbrannt werden: ca. 0,05 kcal pro Schritt durchschnittlich, hört sich im ersten Moment zwar nicht nach wirklich viel an, summiert sich aber über den Tag verteilt doch ganz schön.

So empfiehlt die Weltgesundheitsorganisation (WHO), jeden Tag 10.000 Schritte zurückzulegen. Rechnet man das hoch, dann kommt man auf ca. 500 kcal. Und 500 Kalorien sind doch wirklich mal eine Ansage, oder?

Schnapp dir doch genau jetzt mal deinen inneren Schweinehund und geh mit ihm eine Runde Gassi. Noch schöner wäre es nur, wenn du ein Tierheim in der Nähe hättest, denn die freuen sich immer über zuverlässige Gassigeher, und dein Schweinehund hätte jemanden zum Spielen. Oder hast du vielleicht sogar wirklich einen Hund? Ich liebe Hunde, hatte sogar selbst mal zwei und würde mich freuen, wenn du ein Foto postest. Nutze doch den Hashtag #unvergleichlichdu, damit ich dein Bild finden kann.

Spleens & Ticks

Mein bester Freund Bato sagt immer, dass ich am anstrengendsten bin, wenn ich versuche, normal zu sein. Damit hat er absolut recht, es gibt Dinge, die zu unterdrücken mich unglaubliche Anstrengung kostet.

Ich gehe zum Beispiel immer mit Wärmflasche ins Bett, yepp, auch im Sommer. Ich esse nicht nur Hanuta, sondern auch Knoppers Scheibe für Scheibe. Wenn ich auf dem Gehweg laufe, versuche ich, nicht auf die Linien zu treten. Ich kann nicht einschlafen, wenn der Reißverschluss oder die Knöpfe meiner Bettdecke oben am Hals sind. Wenn ich etwas esse, mag ich mich selbst nicht beim Kauen hören, noch schlimmer sind nur die Essgeräusche von anderen. Ich muss einen Song immer bis zum Ende hören und kann nicht vorher aus dem Auto aussteigen. Wenn ich mich mit jemandem gestritten habe (siehe »Richtig streiten«, Seite 132) kann ich nicht schlafen gehen, ohne das aus der Welt geschafft zu haben. Ich kann nur mit Hörbüchern einschlafen, die ich schon fast auswendig kenne. Wenn ich einen Song mitsinge, kann ich nicht anders als auch die Instrumente zum Besten zu geben. Ich schlafe lieber in der Badewanne, als mit einer Spinne in einem Zimmer zu übernachten. Wenn ich eine Werbung sehe, muss ich drüber nachdenken, ob sie gut oder schlecht ist und ob ich zur Zielgruppe gehöre. Wenn mir jemand sagt »Guck da jetzt nicht hin«, drehe ich mich sofort um, um nachzuschauen, was da los ist.

Was sind deine Spleens oder Ticks, die dich absolut unvergleichlich machen?

Viel zu viel und doch nie genug

Was für viele purer Genuss ist, war für mich lange Zeit der blanke Horror: Essen. Meine Überforderung mit der Gesamtsituation und meinem Leben an sich versteckte sich sehr häufig hinter meinem ungesunden Essverhalten. Egal ob Hungern, Fressen oder Überessen und Erbrechen bzw. exzessiv Sport betreiben, um die Kalorien wieder loszuwerden. Wenn ich schon sonst nichts in meinem Leben unter Kontrolle hatte, wollte ich wenigstens entscheiden, ob und wie viel ich esse.

Formen von Essstörungen:

Magersucht (Anorexia nervosa): Yepp, sie ist wohl die bekannteste Form unter den Essstörungen, vermutlich, weil sie die nach außen hin auffälligste ist. So ist ihr bedeutsamstes Merkmal das deutliche Untergewicht, das die Betroffenen bewusst herbeigeführt haben – in erster Linie durch Hungern sowie strenge Nahrungskontrolle, in manchen Fällen auch unterstützt durch Appetitzügler, abführende Mittel oder krasse sportliche Aktivitäten.

Ihren Anfang nimmt eine Magersucht häufig mit einer ganz gewöhnlichen Diät, die jedoch nicht mehr beendet wird. Das heißt, es wird immer weiter gehungert, auch wenn das anfänglich gesetzte Wunschgewicht längst erreicht ist. Denn Magersüchtige haben eine unvorstellbare Angst, zu dick zu sein – selbst dann noch, wenn der Spiegel bereits einen abgemagerten Körper zeigt, den sie selbst meist aber gar nicht als besonders dünn wahrnehmen. Im Gegenteil, sie empfinden sich als viel zu dick.

Die Gefahren einer Magersucht liegen vor allem in den weitreichenden Auswirkungen auf unseren Körper: So sind infolge des Gewichtsverlustes und der Mangelernährung Kreislaufstörungen mit niedrigem Blutdruck, Funktionsstörungen des Magens wie Verdauungsprobleme und eine niedrige Körpertemperatur häufige Begleiterscheinungen. Hast du manchmal auch kalte Füße? Dann weißt du, wie unangenehm es sein kann, ständig zu frieren. Des Weiteren kann es bei starkem Untergewicht zu hormonellen Veränderungen kommen, die sich in Menstruationsstörungen (Ausbleiben der Regelblutung), Knochenstoffwechselstörungen (Osteoporose) sowie trockener Haut und Haarausfall äußern können.

Doch nicht nur körperlich, auch seelisch hinterlässt eine Magersucht Spuren. Seelische Folgen sind z. B. depressive Verstimmungen, der zwanghafte Vergleich mit anderen Menschen sowie ein starkes Kontrollbedürfnis. Vergleiche sind sowieso nie der Anfang von etwas Gutem. Ich war jahrelang Expertin darin, mich mit anderen zu vergleichen. Bis mir Batomae den Song »Unvergleichlich« geschenkt hat. Zudem kommt es in vielen Fällen zum Verlust von sozialen Kontakten, da sich die Betroffenen mit der Zeit mehr und mehr von ihren Freunden zurückziehen.

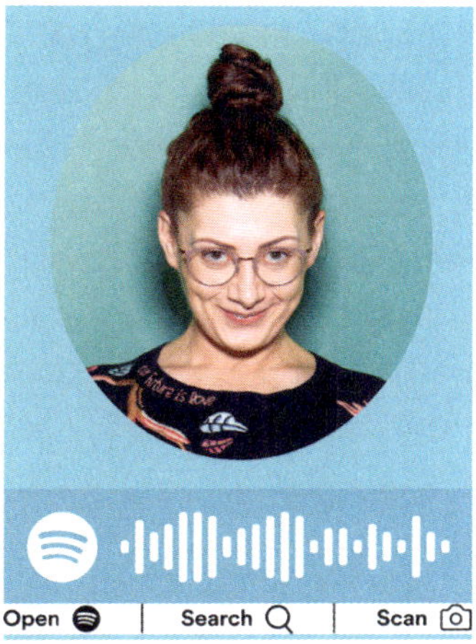

Ess-Brech-Sucht (Bulimia nervosa): Bei der Ess-Brech-Sucht kommt es zu ständig wiederkehrenden Heißhungeranfällen, bei denen die Betroffenen eine schier unstillbare Gier nach Nahrung empfinden und große Mengen an kalorienreichen, meist leicht zu verzehrenden Speisen zu sich nehmen. Mit Hunger oder Genuss haben diese »Anfälle« jedoch wenig zu tun. Vielmehr sind diese Essattacken begleitet von einem quälenden Gefühl des Kontrollverlustes, dem sich die Betroffenen hilflos ausgeliefert fühlen.

Wie oft es zu solchen Essanfällen kommt, ist von Person zu Person unterschiedlich – bei einer schweren Ess-Brech-Sucht können sie durchaus mehrmals täglich auftreten und die Menge eines Fressanfalls mitunter einen ganzen Einkaufswagen füllen. In meiner bulimischen Phase bin ich manchmal drei Mal pro Tag einkaufen gewesen. Immer in anderen Geschäften, damit mich die Kassiererinnen nicht wiedererkannt haben. Es war ein trauriges Versteckspiel.

Vor allem aus Angst vor einer Gewichtszunahme versuchen Ess-Brech-Süchtige, das »verbotene« Essen nach einem Essanfall wieder rückgängig zu machen – z. B. durch selbst herbeigeführtes Erbrechen, strenge Diäten, übermäßigen Sport und/oder den Missbrauch von abführenden Mitteln.

Im Unterschied zu Menschen, die unter Magersucht leiden, sind Ess-Brech-Süchtige meistens normal- bis leicht untergewichtig, teilen jedoch die extrem ausgeprägte Angst, zu dick zu sein bzw. zuzunehmen. Entsprechend stehen auch bei dieser Form der Essstörung die Figur, das Körpergewicht und das Essen im Mittelpunkt des gesamten Fühlens, Denkens und Handelns. 24/7 Gedanken um Gewicht und Kalorien ließen bei mir wenig Platz für schöne Dinge im Leben.

Folgen einer Ess-Brech-Sucht: Auch die Ess-Brech-Sucht ist mit einer Reihe von körperlichen Folgeschäden verbunden. Beispielsweise kann es durch das häufige Erbrechen zu Zahnschmelzschäden kommen sowie zu Entzündungen in der Speiseröhre und Magenschleimhaut. Der Missbrauch von Abführmitteln wiederum kann eine Schädigung der Darmflora verursachen. Herzrhythmusstörungen, das Ausbleiben der Regelblutung, Haarausfall sowie Schlaf- und Konzentrationsstörungen sind weitere mögliche Folgen einer Ess-Brech-Sucht.

Viele Ess-Brech-Süchtige leiden zudem oftmals unter starken Schuld- und Schamgefühlen. Sie verurteilen sich für ihr außer Kontrolle geratenes Verhalten und haben das Gefühl, unnormal bzw. nichts wert zu sein. Die Stimmungslage ist wegen des starken Leidensdrucks häufig gedämpft, was leicht zur Entstehung einer Depression beiträgt.

Das sind die zwei bekanntesten Formen von Essstörungen, und dass es eine dritte, die Binge-Eating-Störung, gibt, fand ich tatsächlich erst heraus, als ich für die Veröffentlichung von meinem Buch »Das Mädchen aus der 1. Reihe« von einer Redakteurin interviewt und darauf hingewiesen wurde. Sofort habe ich mich an den Rechner gesetzt und recherchiert.

Klar, Bulimie und Magersucht kannte ich, aber von Binge-Eating hatte ich noch nie was gehört. Aber Frau Google weiß zum Glück alles, und so hatte das Kind plötzlich einen Namen, und wenn man diese Essstörungen etwas mischt, bekommt sie sogar noch den zweiten Vornamen »atypisch«.

Ich weiß noch genau, wie erleichtert ich damals war. Ich dachte bis zu diesem Moment wirklich, dass ich einfach nur keine Disziplin hätte, um wenigstens eine meiner zahllosen Diäten durchzuhalten und endlich abzunehmen. Dass es eine Krankheit ist und seelische Ursachen hat, die man nicht mit Diäten, Kontrolle, Zwang und Verzicht geheilt bekommt, war wie eine Umarmung. Ich war nicht schuld.

»Ich bin atypisch« rief ich direkt meinen besten Freund Batomae an und freute mich tierisch über diese neue Erkenntnis.

»Ich weiß«, kam es lachend aus dem Hörer.

»Ha, ha, sehr witzig. Nein, hör' doch mal, ich habe eine atypische Binge Eating Disorder. Diese Beschreibung passt ganz genau auf mich.« Dann las ich ihm vor, was Frau Google mir präsentierte:

Esssucht (Binge Eating Disorder): Eine weniger bekannte, aber dennoch häufige Form der Essstörung ist die Esssucht. Ähnlich wie bei der Ess-Brech-Sucht leiden die Betroffenen unter wiederholten Anfällen von Heißhunger, während denen sie die Kontrolle über ihr Essverhalten verlieren und eine übermäßige Menge an meist hochkalorischer Nahrung verschlingen (engl. to binge).

Anders als bei der Ess-Brech-Sucht ergreifen sie im Anschluss daran jedoch keine gewichtsregulierenden Maßnahmen – das heißt, sie erbrechen nicht, betreiben keinen Abführmittelmissbrauch oder sind übertrieben sportlich aktiv. Aus diesem Grund steigt bei Personen, die unter Esssucht leiden, das Risiko, Übergewicht zu entwickeln. Allerdings ist wichtig festzuhalten, dass nicht jede/r Übergewichtige auch esssüchtig ist. Denn die Gewichtszunahme lässt sich in den meisten Fällen von Übergewicht auf eine kontinuierlich positive Kalorienbilanz (das heißt, die Kalorienaufnahme liegt stets höher als der Kalorienverbrauch) zurückführen und nicht auf Essanfälle.

Auslöser für die Essattacken sind anfangs häufig unangenehme Gefühle, seelische Konflikte oder Stresssituationen – Ängste, Wut und Trauer sowie Überforderung, innere Leere und Einsamkeit werden auf diese Weise im wahrsten Sinne des Wortes heruntergeschluckt. Ebenso wie bei anderen Essstörungen verselbstständigt sich das Verhalten mit der Zeit, sodass die Heißhungerattacken schon bald auch ohne besonderen Grund auftreten können.

Folgen der Esssucht: Vor allem, wenn die Esssucht mit (starkem) Übergewicht einhergeht, kann es zu schwerwiegenden körperlichen Folgen kommen. Berichtet wird u.a. von Herz-Kreislauf-Erkrankungen, Gelenkleiden, Wirbelsäulenschäden oder Diabetes mellitus. Neben den körperlichen Folgeschädigungen leiden Menschen, die an Esssucht erkrankt sind, oft auch unter psychischen Problemen. Die Betroffenen schämen sich in den meisten Fällen sehr für ihr unkontrolliertes Essverhalten und haben enorme Schuldgefühle. Depressionen und Hass auf den eigenen Körper können weitere seelische Folgen sein. Oft ziehen sich Esssüchtige in ihre Wohnung zurück und vermeiden soziale Kontakte.

»Krass, das beschreibt es wirklich ziemlich genau. Nur gehst du ja manchmal anschließend doch aufs Klo, um dich zu übergeben«, kam es von Batomae.

»Genau, ich bin ja auch atypisch, normal kann jeder«, antwortete ich, und wir mussten beide lachen. Es tat gut, dass wir es nicht schlimmer machten, als es eh schon war, und ich war stolz auf mich, dass ich das herausgefunden und ihn angerufen hatte. Es tut unglaublich gut, mich nicht mehr zu verstecken, geschweige denn, mich zu schämen. Ja, es tut gut, das alles laut auszusprechen, denn das ist der erste und wichtigste Schritt. »Schweigen ändert nichts« ist zu meinem Lebensmotto und zum Titel unseres gemeinsamen Podcasts geworden.

Mit einem gebrochenen Bein geht man ja schließlich auch zum Arzt, also hat unsere Seele es doch ebenso verdient, Aufmerksamkeit und Zuwendung zu bekommen. Wenn wir der Überforderung erst mal die Maske (siehe »Maskenball«, Band 1, Seite 42) runtergerissen haben, sollte sie sich gut vor uns in Acht nehmen. Ab diesem Moment werden wir ihr nämlich mit Selbstliebe und Selbstfürsorge die Stirn bieten und uns unser Leben zurückholen.

Wenn du das Gefühl hast, dass du dich in diesen Beschreibungen wiederkennst und gerne mal mit jemandem drüber sprechen möchtest, findest du unter anderem hier Hilfe:

https://www.bkk-bauchgefuehl.de/

https://www.bzga-essstoerungen.de/hilfe-finden/

»Ich habe eine Wassermelone getragen«

Ich liebe es, mir Filme mehrmals anzuschauen oder Hörbücher öfter zu hören. Ich mag es, wenn ich weiß, was als Nächstes passiert. Genauso mit Konzerten. Ich gehe nicht nur ein Mal zur Tour, sondern so oft es geht, auch wenn sich die Setlist kein Stück ändert. Andere mögen das langweilig finden, aber mir gibt es ein angenehmes Gefühl zu wissen, was kommt, und ich schaue mir ja nur die Filme öfter an, die ich ganz besonders gerne mag. Wie zum Beispiel »Dirty Dancing«. Yepp, natürlich weiß ich, dass sein Baby zu ihm gehört und er immer den letzten Tanz der Saison tanzt. Ich komme im Supermarkt nicht an der Obst- und Gemüsetheke vorbei, ohne leise »Ich habe eine Wassermelone getragen« zu sagen. Apropos Wassermelone ...

Mit einem Wasseranteil von über 90 Prozent ist die Wassermelone ein echter Durstlöscher, Kalorien enthält sie hingegen kaum – nämlich gerade mal ca. 30 pro 100 Gramm. Außerdem liefert die Melone mit dem knallig roten Fruchtfleisch gute Ballaststoffe und die Vitamine A, B und C. Zusätzlich versorgt sie uns mit den Mineralien Kalium und Magnesium, die helfen, den Blutdruck zu kontrollieren und die Blutgefäße zu schützen.

Auch beim Abnehmen hilft uns die Wassermelone, in ihr findet sich nämlich die Verbindung »Citrulin« wieder, die von unserem Körper in die essenzielle Aminosäure »Arginin« umgewandelt wird. Diese trägt dazu bei, dass unser Körper weniger Fett speichert.

Tu's für dich

Egal, was du tust, tu's für dich. Und über diesen Satz muss ich grade tatsächlich selber schmunzeln, weil er so wahr ist. Während ich das hier schrieb, saß ich ungelogen bereits seit fünf Minuten vor dem Laptop und überlegte mir, ob es ein Gegenbeispiel gibt, also irgendwas, wo ich sagen könnte, dass es gut ist, wenn wir es zu 100 Prozent für jemand anderen machen. Nö, ich kam echt nicht drauf.

Selbst ein Geschenk, das wir für jemand anderen, zum Beispiel zum Geburtstag (siehe »Kleine Geschenke erhalten die Freundschaft«, Seite 102), kaufen, kaufen wir ja auch ein bisschen für uns selbst. Damit meine ich nicht mal, dass wir ein von Glückstränen überströmtes Gesicht erwarten. Nein, wir feiern schon beim Kaufen den Moment, uns vorzustellen, wie sehr sich der andere freut. Und ich bin der festen Überzeugung, dass selbst die Dinge, die wir absolut bedingungslos für jemand anderen tun, auch uns selbst guttun und die Seele streicheln.

Wenn dir aber grade 1000 Dinge einfallen, die du schon für andere getan und bei denen du dich selbst nicht gut gefühlt hast, finde ich das sehr traurig, denn ich kenne das Gefühl leider selbst noch viel zu gut. Ich weiß, wie man sich fühlt, wenn man sich aufopfert und alles gibt, um ein »Danke« zu hören, Anerkennung zu bekommen und irgendwie dazuzugehören.

#JA!

Ich habe lange Zeit viel zu viel darangesetzt, mein Glück in der Anerkennung, der Liebe und der Zuneigung von anderen zu finden. Ich habe begonnen, diejenige zu werden, die den anderen genau das gegeben hat, was sie brauchten, habe Dinge runtergeschluckt, die mich verletzt haben, und habe alles dafür getan, um den anderen zu gefallen, egal um welchen Preis. Ich habe mich in dieser Zeit selbst verloren, weil ich immer nur das getan hatte, was sich die anderen um mich herum gewünscht haben. Sie haben es sich nicht für mich gewünscht, sondern nur für sich selbst.

Wenn damals jemand zu mir »Jana, könntest du bitte ...« oder »Jana, wir müssten noch ...« gesagt hat, war das für mich schon der Moment, aufzuspringen und es zu erledigen. Ich habe es nicht um der Sache willen getan, sondern einzig und allein, um ein »Dankeschön« zu hören. Ab und zu ist das vollkommen okay, ja, ich tue anderen Menschen gerne einen Gefallen, weil ich weiß, wie viel ihm oder ihr meine Hilfe bedeutet, und weil ich weiß, dass ich ebenso darauf zählen kann.

Wenn du aber merkst, dass es nicht auf Gegenseitigkeit beruht, ist das der Moment, in dem du dich fragen solltest, warum du es tust. Hör auf dein Bauchgefühl, ob es sich wie ein Ausnutzen anfühlt. Und wenn der Kloß im Hals gerade schwerer wird, weil es sich schon eine ganze Weile nicht mehr gut anfühlt, ist das der Moment, das Nein-Sagen zu üben, denn jedes »Nein« zu jemand anderem ist ein »JA!« zu dir selbst.

Übung:

Kannst du dich an die letzten drei Situationen erinnern, in denen dich jemand um etwas gebeten hat? Wer hat dich gefragt, und wie hast du dich dabei gefühlt? Ging es dir gut dabei? Kannst du auf die Person zählen, wenn du Hilfe brauchst? Wie würde sie reagieren, wenn du sie um einen Gefallen bittest?

#JA!

#?!

#?!

#NOPE!

Leid kann man nicht vergleichen

Kennst du diesen Moment, wenn es dir total mies geht, du einen schweren Kloß im Hals hast und nur darauf wartest, endlich zu dieser einen Person zu kommen, bei der du aufhören kannst, stark zu sein? Wenn alles in dir nur darauf hofft, noch so lange durchzuhalten, bis du dich fallen lassen kannst und garantiert aufgefangen wirst? Und dann kommst du an, möchtest gerade anfangen zu erzählen und schaust in Augen, die noch trauriger als deine sind?

Ab diesem Moment versuchst du, deinen eigenen Schmerz hinunterzuschlucken und stark zu sein. Vollkommen egal, wie es dir geht und welchen gemeinen Streich dir dein Kopf, dein Körper oder mal wieder beide gemeinsam spielen. Du versuchst, Hoffnung, Mut, Kraft und Trost zu spenden, wobei du all das gerade so dringend selber bräuchtest. Du hörst dir die Geschichte ganz in Ruhe an, gibst Tipps und Ratschläge und vergisst dabei mehr und mehr deine eigenen Sorgen, da sie dir im Vergleich gerade nichtig und klein vorkommen.

Darf ich dich um etwas bitten? Versuche niemals, Leid zu vergleichen. Was für den einen ein Klacks ist, ist für den anderen ein absoluter Weltuntergang, der alles ins Wanken bringt. Wenn du traurig bist und leidest, ist es völlig egal, ob irgendwer sonst locker damit klarkommen würde oder selbst ein schwerwiegendes Problem hat.

Es ist wundervoll, wenn du für deine Freunde da bist, aber bitte gib ihnen auch die Chance, für dich da sein zu dürfen.

Gab es schon mal eine Situation, in der du das Gefühl hattest, nicht über dein Problem sprechen zu können? Hast du deine Gedanken danach schon jemandem anvertrauen können?

Wenn nicht, stell dir jetzt vor, dass ich bei dir wäre, dich fest in den Arm nehme und nur darauf warte, dass du mir anvertraust, was dich belastet. Hier findest du Platz, mir davon zu erzählen.

Wie sich eine Diät anfühlt, bevor sie zur Essstörung wird

Versteh mich bitte nicht falsch. Ich glaube nicht, dass jede Diät zwangsläufig der Beginn einer Essstörung ist, aber ich glaube, dass nicht viel zusammenkommen muss, damit sie eine wird. Ich beschreibe dir mal, wie sich das bei mir angefühlt an:

Zu Beginn war da immer diese unbändige Vorfreude, dass ich endlich den Entschluss gefasst hatte, etwas zu verändern. Ich googelte dann nach den neuesten Erfolgsdiäten, rechnete meinen BMI aus, stellte mir einen Ernährungsplan zusammen, kaufte neue Batterien für meine Küchenwaage und wunderte mich nicht mal mehr drüber, dass mir bei Instagram plötzlich mehr und mehr Beiträge und sponsored Posts zum Thema Abnehmen und Supplements angezeigt wurden (vgl. Band 1, »Influencer und Werbung«, S. 52)

Am Tag vor Beginn der Diät fühlte ich mich durch das viele Nachdenken schon drei Kilo leichter, und genau deshalb durfte ich am Abend vor »Tag null« auch immer noch mal nach Herzenslust schlemmen. Yepp, mit allem, was dazugehört, und gerne noch ein bisschen mehr … war ja schließlich das letzte Mal.

Die ersten Tage waren dann meist eine Mischung aus »Ich hab voll Bock, das wird super!« und »Vielleicht fang ich doch lieber erst kommenden Montag mit der Diät an. Montag ist schließlich der beste Tag für einen Neubeginn!«, aber ich hielt durch.

Ab dem dritten oder vierten Tag fühlte es sich dann so langsam immer besser an. Ich musste zwar ständig zum Klo rennen, weil der Körper natürlich als Erstes Wasser ausspült, aber die Zahl auf der Waage machte weiter deutliche Sprünge nach unten. Das spornte mich an, und ich kramte meine Motivationshose aus dem Schrank, die ich noch aus meiner 180-Kilo-Zeit behalten hatte.

#JA!

Nach einer Woche strikter Diät kamen dann endlich die ersten Komplimente, und mein Spiegelbild und ich begannen, uns nicht mehr zu hassen. Die tägliche Zahl auf der Waage, die mehr und mehr meine Laune bestimmte, wurde zwar inzwischen langsamer weniger, aber sie wurde weniger, und das war in meinem Kopf alles, worauf es ankam.

In der zweiten Woche wurde ich immer strikter und teilte Lebensmittel noch strenger in »gut« (zum Beispiel Gemüse), »schlecht« (zum Beispiel Bananen) und »abgrundtief böse« (zum Beispiel Süßkram) ein. Beim Gang durch die Supermarktregale bedachte ich die jeweiligen Lebensmittel dann auch mit dem passenden Gesichtsausdruck. Andere lächeln Kinder an, ich zwinkerte dem Stangensellerie zu.

Ab etwa der dritten Woche kam bei mir immer die »Bloß nicht aufgeben«-Phase, in der nichts dazwischenkommen durfte. Doch etwas kam mir immer in die Quere: das Leben mit seinen Einladungen zu Partys, vor denen ich mich nicht drücken konnte. Und allein die Gedankenspiele, wie ich freitags drum herumkommen konnte, etwas zu essen, was nicht auf meinem Plan stand, brachte mich bereits montags um den Verstand.

Nach etwa einem Monat schrumpfte die Zahl auf der Waage zwar nur noch relativ langsam, aber das war mir inzwischen egal. Ich feierte mich. Ich feierte mich für meine eiserne Disziplin, und wenn ich in den Spiegel schaute, die Schultern noch etwas weiter nach vorne beugte und die Luft anhielt, sah man meine Halsknochen. Dass ich sonst ziemlich ausgemergelt und aschfahl aussah, ignorierte ich gekonnt.

Ich war auf dem richtigen Weg. Auf dem falschen Weg waren ab diesem Moment alle anderen um mich herum, und das zu erzählen, ist mir jetzt echt unangenehm, und ich schäme mich für meine bösen Gedanken, die ich damals leider sehr, sehr oft hatte, aber ich habe dir versprochen, ehrlich zu sein:

»Du jämmerlicher Schwächling. Stopf ihn dir doch rein, deinen ekelhaften Burger, der nur so vor Fett trieft. Bald bestehst du ja selber nur noch aus Fett, du wirst nichts weiter als eine eklige, fette Masse sein. Ja, schieb die Pommes gleich noch hinterher. Du musst essen, ich nicht. – ICH NICHT!« waren meine Gedanken, wenn ich jemand anderem beim Essen zusah.

Dabei spielte es auch gar keine Rolle, ob mein Gegenüber eine Topfigur hatte, gerade vom Sport kam oder sogar einer meiner Lieblingsmenschen war. In meinem Kopf waren wir für einen kurzen Augenblick knallharte Gegner, und mit jedem Bissen gewann ich die Challenge des Verzichts noch ein bisschen mehr. Und auch aus diesem Grund verabscheue ich Challenges (siehe Band 1, Seite 148).

#NEIN!

Irgendwann kam immer der Moment, dass ich von meinem Diät-Plan abwich. In meinem Kopf legte sich dann ein Schalter um, und nur wenige Augenblicke später stand ich im nächsten Supermarkt. Und schon am nächsten Tag googelte ich wieder nach der neuen Crash Diät, von der ich glaubte, dass sie mein Leben in Ordnung bringen würde. Dass es gar nicht ums Essen ging und sich meine Überforderung mit dem Leben nur hinter Diäten versteckte (siehe Band 1, »Maskenball«, Seite 52), habe ich erst viel später bemerkt. Zum Glück nicht zu spät, denn heute kann ich wieder mit Genuss essen, und darüber bin ich unglaublich glücklich.

Und täglich grüßt das Murmeltier

Auf andere mag es langweilig wirken, ich würde es eher als angenehm vertraut bezeichnen.

Ich höre ein und dasselbe Lied wieder und wieder, gehe immer wieder ins selbe Restaurant, um exakt dasselbe wie beim letzten Mal zu bestellen, und wenn mir ein Buch gefällt, lese ich es zwei Mal. Mag ich eine Band, dann stehe ich nicht nur ein Mal pro Tour in der 1. Reihe. Ich mag es, zu wissen, was passiert, dann gibt's keine unangenehmen Überraschungen.

Ich finde das Leben schon aufregend genug, da gefällt es mir, mich zwischendurch mal auszuruhen. Klar, ab und zu probiere ich auch mal was Neues, aber da muss ich schon einen verdammt guten Tag haben. Ich halte mich da an die bekannte 80:20-Regel. 80 Prozent auf Bewährtes setzen und 20 Prozent etwas Neues probieren.

Wenn ich mich dann zwischendurch mal an was Neues wage, bin ich oft überrascht, wie gut es war. Trotzdem: Mir tut es gut, schon vor dem Essen zu wissen, dass es mir schmecken wird, dann ist die Vorfreude größer. Was nicht heißt, dass ich nicht doch mal bei meinem besten Freund Batomae vom Teller nasche, um zu kosten, was er sich da bestellt hat.

Übung:

Probierst du gerne neue Sachen aus, oder gehst du auch lieber auf Nummer sicher und bleibst bei dem, was sich schon als gut bewährt hat? Wann hast du zuletzt etwas völlig Neues ausprobiert, und wie hast du dich dabei gefühlt?

Genuss-Optimizer

Ich hatte es anderer Stelle schon geschrieben: »Liebe geht durch den Magen« (Seite 40), und deshalb ist es mir wichtig, darauf zu achten, wie ich mich ernähre. Zu dem »Wie« gehört aber noch viel mehr als die reine Zutatenliste.

Nein, auch wenn's sicher ein schönes Ritual wäre, artet nicht jedes selbst gekochte Essen in ein Candle-Light-Dinner mit Tischmusik aus. Trotzdem macht es für mich einen großen Unterschied, ob ich hastig alles zwischen Tür und Angel hinunterschlinge oder ob ich mir mein Essen schön anrichte und mir Zeit nehme, es zu genießen. Dass ich es mir schön anrichte, zaubert nicht nur mir ein Lächeln ins Gesicht. Alles, was ich esse, wird vorm Essen von mir fotografiert und für euch bei Instagram (@jana.craemer) gepostet, so haben wir alle was davon.

Klar, es gibt viele von Experten aufgestellte Regeln, die zum Beispiel besagen, dass beim Essen absolut keine Ablenkung sein sollte, dass wir jeden Bissen 100-mal kauen sollten oder dass zwischen Salat und Hauptspeise mindestens 10 Minuten liegen sollten. Mag sein, dass das für einige Menschen den ultimativen Genuss-Kick bringt, für mich bringt das nichts. Zum einen nerven mich meine Essgeräusche, und zum anderen würde ich mehrere Stunden pro Essen verbringen, wenn ich wirklich 100-mal kauen würde.

Ich habe für mich meine ganz eigenen Genuss-Optimizer aufgestellt:

- Mir genügend Zeit zum Essen einplanen, idealerweise 30 Minuten
- Bei meiner Playlist »Tischmusik« auf's Knöpfchen drücken
- Mein Essen schön auf dem Teller anrichten
- Mit frischen Kräutern und Gewürzen abschmecken
- Ein kleiner Salat sollte immer dabei sein.
- Zum Essen ein großes Glas Wasser mit Zitrone trinken
- Nicht langsam, aber bewusst essen

Übung:

Ich zeige in meinen Insta-Stories wirklich alles, was ich so den lieben langen Tag über esse. Was im ersten Moment nach Foodporn klingt, ist einfach nur der Tatsache geschuldet, dass viele Mädchen nicht glauben können, dass ich Kohlenhydrate auch nach 18:00 Uhr esse und dass mir drei Mahlzeiten am Tag wichtig sind. Außerdem freue ich mich, wenn ihr euch durch meine Stories inspiriert fühlt, auch mal wieder zu kochen.

Poste du doch auch mal, wenn du etwas selbst gekocht hast, schreib die Zutaten mit rein und verlinke mich, dann kann ich mich von dir inspirieren lassen, mal was Neues auszuprobieren.

Lachen ist leichter als weinen

Mir fiel es lange Zeit unglaublich schwer, Gefühle zu zeigen. Nein, um ehrlich zu sein, fiel es mir sogar schon schwer, sie überhaupt zuzulassen. Gefühle sind so unkontrollierbar, dass sie mir einfach Angst gemacht haben. Ich fürchtete mich davor, die Kontrolle zu verlieren und zum Spielball meiner eigenen Emotionen zu werden. Dabei war es mir auch egal, ob ich alleine, in einer größeren Gruppe oder nur mit meinen Besten unterwegs war. Wenn die anderen beim Happy End eines Films in Tränen ausgebrochen sind und schluchzend Taschentücher rumgereicht wurden, habe ich mich innerlich so lange über diese Endszene lustig gemacht, bis ich eher schmunzeln als heulen musste. Und wenn es ganz dramatisch wurde, habe ich einfach angefangen zu husten, um mich abzulenken. Tränen bedeuteten für mich Schwäche, und ich wollte nicht schwach, sondern stark und unangreifbar sein.

Wenn mein bester Freund Batomae und ich einen Auftritt mit unserer Konzertlesung haben, beobachte ich immer wieder, dass es bei den emotionalen und bewegenden Szenen sehr unruhig wird. Einige beginnen, in der Tasche zu kramen, andere checken mal schnell ihre WhatsApp-Chats oder zupfen an den Klamotten herum. Zum Glück passiert es nur selten, dass jemand anfängt, seinen Sitznachbarn in ein Gespräch zu verwickeln, denn das bringt mich immer total aus dem Konzept.

War ich früher noch gekränkt, wenn es so unruhig wurde, da ich dachte, das Publikum würde sich langweilen, weiß ich heute, dass es einfach nur bedeutet, dass jeder mit seinen Emotionen anders umgeht.

Ich erwische mich immer wieder dabei, wie ich bei Geschichten, Videos, Liedern oder Filmen, die mir sehr nahegehen, gleichzeitig lache und weine. Das ist ein superkomisches Gefühl, fast wie Schluckauf und Niesen gleichzeitig. Ich glaube, es liegt daran, dass ich in dem Moment versuche, echte Gefühle zuzulassen, aber wegen meiner über all die Jahre antrainierten Kontrolle noch nicht so wirklich lockerlassen kann.

Batomae hat mal zu mir gesagt, dass Tränen für ihn das ehrlichste Kompliment sind, weil es bedeutet, dass sich die Besucher ihrer Gefühle nicht schämen. Und damit hat er vollkommen recht: Wer Tränen zulassen kann, trägt eine unvergleichliche Stärke in sich, da er keine Angst vor seinen Gefühlen hat. Ich denke, ich muss das einfach noch ein bisschen üben.

Hast du Tipps für mich?

Gibt es Songs, die dich immer wieder zu Tränen rühren? Oder kennst du Serien, bei denen der Taschentuchalarm vorprogrammiert ist?

Kleine Geschenke erhalten die Freundschaft

»Ich hab das zufällig im Geschäft gesehen und musste sofort an dich denken. Ich konnte einfach nicht dran vorbeigehen, ohne es dir mitzubringen«, ist ein Satz, der mir ziemlich oft über die Lippen kommt, wenn ich meinem besten Freund Batomae etwas schenke.

Ich fände es irgendwie blöd, wenn ich mich bei Geschenken nur auf Geburtstage oder Weihnachten beschränken müsste. Schließlich habe ich ihn doch das ganze Jahr lieb, und kleine Aufmerksamkeiten erhalten die Freundschaft.

Das Blöde ist nur, dass mir diese Dinge immer genau dann nicht über den Weg laufen, wenn tatsächlich sein Geburtstag oder Weihnachten vor der Tür steht, aber hier gibt's einen Trick:

Einfach so tun, als würde das Geschenk schon längst zu Hause liegen, und mit einer absolut unvergleichlichen Unschuldsmiene »Na, kannst du erraten, was ich dir zum Geburtstag schenken werde?« fragen. Es dauert keine zwei Minuten, bis die größten Wünsche aus unserem Gegenüber heraussprudeln, und schwuppdiwupps, sind wir mit einer ganzen Reihe von Ideen versorgt.

Übung:

1. Was war das schönste Geschenk, das du je bekommen hast?

2. Kannst du dich noch dran erinnern, von wem du es bekommen hast?

3. Wenn du morgen Geburtstag hättest, was würde auf deinem Wunschzettel stehen?

Kleb hier ein Foto von deinem schönsten Geschenk ein.

Schöner Stress

Wenn du einen vollgepackten Tag vor dir hast, musst du ihn dir so wunderbar wie möglich gestalten, damit es nicht in Stress ausartet. Wobei Stress ja auch nicht gleich Stress ist. Grundsätzlich ist Stress erst mal nur die Reaktion unseres Körpers auf einen Reiz von außen.

Unser Puls wird schneller, die Muskeln spannen sich an, und auch unser Geist vollführt einen Kickstart. Wir sind bereit, zu kämpfen oder zu fliehen. Kommt ganz drauf an, wie wir diese Situation, der wir uns nun stellen müssen, einschätzen.

Nun gibt es ganz unterschiedlichen Stress. Zum Beispiel den grundsätzlich erst mal positiven Stress (Eustress). Diesen Stress empfinden wir immer dann, wenn wir uns einer neuen Herausforderung gerne stellen, da wir das Gefühl haben, ihr gewachsen zu sein und genug Zeit zu haben. Beflügelt, die Sache in Angriff zu nehmen, werden wir von der euphorischen Vorfreude.

#NEIN!

Dann gibt es da noch den negativen Stress (Disstress). Dieser fühlt sich unangenehm, belastend, bedrohlich und überfordernd an, da wir nicht daran glauben, der Sache gewachsen zu sein. Wir fühlen uns hilflos und dieser Situation schutzlos ausgeliefert, da wir ihr nichts entgegenzusetzen haben.

Ob wir den Stress also als positiv empfinden, er uns motiviert und uns einen Energieschub gibt oder wir ihn als belastend empfinden und er uns kalten Schweiß auf die Stirn treibt, liegt ganz allein bei uns und wie sehr wir uns der Aufgabe gewachsen fühlen.

Deshalb ist Stress auch etwas sehr Subjektives, wird also von jedem von uns vollkommen anders wahrgenommen. Dinge, die mich total negativ stressen, wie zum Beispiel erst kurz vor knapp am Bahnhof anzukommen, sind Situationen, die meinem besten Freund Batomae mit einem positiven Energiekick noch ein Lächeln ins Gesicht zaubern. Während ich also außer Atem und mit rasendem Puls am Gleis ankomme, schlendert er mit Kaffee und frischen Brötchen um die Ecke. Natürlich breit grinsend.

Wenn du also schon morgens weißt, dass dein Tag sehr viel Stresspotenzial hat, schau mal, ob es dir gelingt, den Stress positiv zu bewerten und die Dinge, die vor dir liegen, mit einem Lächeln anzupacken. Im Grunde ist Stress freigesetzte Energie, und es liegt ganz allein an dir, sie dir zunutze zu machen.

Übung:

Gibt es grade etwas, was dich so richtig fies stresst?

Kannst du etwas tun, dass sich der Stress in positiven Stress umwandelt?

Vielleicht, indem du dir mehr Zeit verschaffst oder Hilfe holst, um die Aufgabe zu bewältigen?

Wen könntest du um Hilfe bitten?

Plötzlich kam alles anders

Mit einer Band auf Tour zu sein ist so ziemlich der schönste Job der Welt, aber zugleich die wohl größte Konfrontationstherapie, wenn man Struktur, Regelmäßigkeit und Tagespläne braucht, um sich wohlzufühlen. Ich als Musikmanagerin kann dir echt ein Lied davon singen. Bitte versteh mich nicht falsch, es spricht natürlich absolut nichts dagegen, auch auf Tour Tagespläne zu machen. Muss man sogar, weil sonst alles im Chaos versinkt. Man darf halt nur nicht dran glauben, dass diese auch eingehalten werden.

Hier mal ein Stau, da ein Interview, das doch etwas länger dauert, und dann raucht beim Soundcheck der Verstärker auf der Bühne ab. Ruckzuck war's das mit dem pünktlichen Einlass. Erklär das dann mal den Mädchen aus der 1. Reihe, die seit frühmorgens vor dem Eingang sitzen, um beim Konzert ganz vorne zu stehen.

Egal wie viel Puffer du zwischen den Terminen eingeplant hast, Mr Delay nimmt sich Messer und Gabel, bestreicht die Puffer mit Guacamole und verspeist sie genüsslich. Einen nach dem anderen. So ist das nun mal auf Tour, und da kann auch niemand etwas dafür. Was das Ganze für mich nur noch schlimmer macht, denn wenn niemand Schuld hat, kann ich auch niemanden verfluchen.

Jemanden zu verfluchen tat mir früher gut, denn so konnte ich die schlechte Energie zielgerichtet rauslassen. Also jetzt nicht schlimm verfluchen, aber wenigstens so 'n bisschen. In diesem Moment verfluche ich zum Beispiel mich, denn seit dem letzten Absatz habe ich schrecklichen Appetit auf Puffer mit Guacamole-Dip. Ach, du jetzt etwa auch? Na, das passt ja, denn das Rezept findest du ab Seite 119.

Verfluchen wollte ich vor ein paar Jahren auch meinen inzwischen besten Freund Batomae, denn während ich verzweifelt versuchte, meinen eigentlich für 16:30 Uhr geplanten heimlichen Fressflash doch irgendwie auf den Abend zu verlegen, passierte es.

Damit du den Unangenehm-hoch-zehn-Faktor der nun folgenden Situation, die ich dir heute mit einem glücklichen Lächeln erzählen kann – ich schreibe das dazu, denn du kannst mein Lächeln ja leider nicht sehen –, etwas besser nachvollziehen kannst, muss ich kurz ein bisschen ausholen:

Dieser Tour-Samstag war für mich eine absolute Vollkatastrophe. Es ging so ziemlich alles schief, was schiefgehen konnte. Hier nur meine persönlichen Top 3:

1. Es war für einen Herbsttag viel zu warm. Nein, stimmt schon. An und für sich ist das nichts wirklich Schlimmes. Inzwischen liebe ich goldene Herbsttage, aber wenn du wie ich damals weit über 160 Kilo wiegen und versuchen würdest, deine Kilos zusätzlich zum weiten Shirt noch mit einer schwarzen Weste zu kaschieren, bist du für jeden kühlen

Tag mehr als dankbar. Vor allem, wenn es vom Wetterbericht so angekündigt war. Ja, ja, ich weiß. Ich und meine Erwartungen sind echt schon ein Thema für sich. Der Wetterbericht hielt also nicht, was er versprach, ich war sauer und schwitzte, sodass mir die Weste eklig glitschig am Rücken festpappte.

2. Kein WLAN. Punkt. Das sagt eigentlich schon alles, oder? Normalerweise kamen wir mit dem Nightliner meist mehr oder weniger pünktlich am Club an, und ich hatte dann immer genug Zeit, um meine Mails zu checken, während die Crew schon Bühne & Backline aufbaute, damit die Band ihren Soundcheck machen konnte. Anschließend pflegte ich in Ruhe die Social Media Accounts und organisierte die Interviews. An diesem Tag nicht, denn selbst der schnell mit 24-Stunden-Dayflat-Datenvolumen aufgepumpte Handy-Hotspot hatte im Club, der scheinbar komplett aus Stahlwänden bestand, keine Chance, auch nur irgendwas zu laden. Ich hingegen war geladen, und zwar bis zum Anschlag.
3. Es war 16:30 Uhr, und weder war ich allein, noch hatte ich in absehbarer Zeit die Chance, mal für eine halbe Stunde allein zu sein. Denn an diesem Tag gab es nicht nur kein WLAN, sondern auch kein Produktionsbüro wie sonst üblich. Nicht mal die Backstage war eine Alternative für meinen Fressflash, denn es gab mehrere Eingänge, und ständig öffnete sich eine der Türen, da irgendjemand vom Catering was hineinbrachte oder irgendeiner von den Haustechnikern noch ganz kurz was oben an den merkwürdig aus der Wand schauenden Kabeln installieren musste. Also, ein neuer WLAN Router war's auf jeden Fall nicht.

An diesem Tag lief einfach mal alles schief, ich hätte heulen können. Denke ich jetzt an diese Situation zurück, kann ich mein Herzrasen noch genau spüren. Wie ich verzweifelt mit den Tränen kämpfend vor diesem reich gedeckten Catering stand und mir bereits beim Anblick das Wasser im Mund zusammenlief. Ich spürte so einen unerträglichen Druck, dass ich all das, was da vor mir aufgebaut war, vernichten müsste. Ja, ich schreibe das ganz bewusst so, denn in diesem Moment fühlte es sich nicht so an, als ob ich irgendeine Wahl gehabt hätte. Es war wie ein Drang, eine unstillbare Gier.

Ich hatte mir gerade ganz genau ausgemalt, wie ich möglichst viele von den saftigen Karamell-Brownies, den mit Käse und Spinat gefüllten Crepes und dazu noch die 6 Tafeln Schokolade so in meiner Tasche verstecken könnte, ohne dass es jemand mitbekäme. Ja, während ich meine vor Anspannung ganz zittrigen Hände zu Fäusten geballt unter der Weste versteckte, ging ich jede Bewegung, jede Eventualität wieder und wieder durch, als ich schlagartig aus meinen Gedanken gerissen wurde.

Wie aus dem Nichts legte sich plötzlich von hinten ein Arm um meine Schultern. Ich war wie gelähmt. Mist! In meinem Wahn hatte ich nicht mal bemerkt, dass die Band bereits mit dem Soundcheck durch war.

»Wollen wir mal eine Runde spazieren gehen?«, waren die Worte dicht an meinem Ohr, die in diesem Moment mein komplettes Leben verändern sollten. Kennst du diese Menschen, die man am liebsten klonen und mit ihnen die entscheidenden Positionen in der Weltpolitik besetzen würde, um unsere Erde zu einem besseren Ort zu machen? Genau so ein Mensch ist mein bester Freund Batomae.

Nur wusste ich eben das zu diesem Zeitpunkt noch nicht. In diesem Moment vor dem Catering war er für mich nur der Bassist meiner Band und so ziemlich das Letzte, was ich grade gebrauchen konnte. Aber ich war seine Managerin, und vielleicht hatte er ein Problem, das er in dieser wuseligen Backstage nicht besprechen wollte. Also atmete ich tief durch, nickte, und wir liefen los. Vorbei an den wartenden Fans, über den Parkplatz, wieder zurück zu den Fans, da er so gerne kurz ein paar Autogrammwünsche erfüllen wollte, wieder über den Parkplatz, durch den kleinen Park bis hin zu dem kleinen Fluss, auf dem Enten schwammen. Und ich wartete. Ich wartete und wartete, dass er endlich mit der Sprache rausrückte.

Als sich unser zugegeben unglaublich nettes Gespräch über meine Arbeit und das neue Studioalbum auch nach einer halben Stunde nicht in die Richtung entwickelte, dass er so langsam mal zum Punkt kommen würde, fragte ich ihn geradeheraus, ob es irgendein Problem gäbe.

»Ein Problem? Nö, gibt kein Problem«, strahlte er mich an und machte ein Foto von der Sonnenspiegelung im Fluss. Wenn Batomae etwas nicht hatte, dann war das irgendein Problem. Bei ihm war einfach alles gut, er freute sich auf den Auftritt später und war schlichtweg nur neugierig, etwas über meine Planungen zur anstehenden Albumveröffentlichung zu erfahren. Er hatte das Gefühl, dass ich grade eine stressige Zeit hätte, und wollte nur mal hören, ob er mich da irgendwie unterstützen könnte.

Wie bitte?! Wir waren etwa 45 Minuten von der Location entfernt, und dieser Spaziergang hatte einfach mal so gar keinen Sinn?! Ernsthaft? *Eine Dreiviertelstunde meines Tages, die ich völlig sinnlos verplempert habe!,* schoss es mir durch den Kopf.

»Und was machen wir dann hier?«, hatte ich ihn schulterzuckend gefragt.

»Na, wir gehen entspannt eine Runde spazieren und unterhalten uns«, grinste er mich breit an und ging weiter, um eine bessere Position für sein Foto zu finden. Ich atmete zum zweiten Mal an diesem Tag tief durch und bemerkte etwas Komisches in meinem Gesicht. Kennst du das, wenn man plötzlich Muskeln spürt, die man sonst nie spürt? Ich lächelte. Ja, ich lächelte! Und das wohl zum allerersten Mal seit Langem (die Grins-dich-Glücklich-Übung aus Band 1, Seite 160).

Als wir rechtzeitig vor dem Einlass wieder an der Location ankamen, war die Schlange der wartenden Fans schon sehr viel länger geworden, und natürlich hielt Batomae wieder an, um Fotos zu machen und Autogramme zu geben. Auch wenn ich meinen Tagesplan inzwischen völlig vergessen konnte, blieb ich entspannt. Wirklich, ich war völlig tiefenentspannt und freute mich, dass die kleinen Mädchen neben ihren Mamas vor Vergnügen so niedlich kicherten und gluckten. Ich kenne das von mir, wenn ich mich zu sehr freue, muss ich auch leise quietschen.

Ohne es zu ahnen, hatte mich Batomae mit dieser Einladung zum Spaziergang aus meinem Psychofuck gerissen und so den Gedankenkreislauf durchbrochen. Einfach so. Ab diesem Tag gingen wir immer öfter spazieren (siehe Seite 55) und manchmal sogar, wenn das WLAN im Club funktionierte.

Rezept: »Kartoffel-Gemüse-Puffer mit Guacamole-Dip« für 4 Personen:

Die Avocado ist nicht nur ein echtes Superfood, sondern in Form von Guacamole auch ein sehr leckerer Dip, der ganz hervorragend zu Puffern jeglicher Art passt.

Zutaten Gemüsepuffer:

500 g Kartoffeln
250 g Zucchini
250 g Möhren
1 große Zwiebel
Salz, Pfeffer, frisch geriebene Muskatnuss
2 Eier (Größe M)
80 g Mehl
Öl

Zubereitung:

1. Kartoffeln und Möhren abwaschen, schälen und dann grob in eine Schüssel raspeln. Zucchini waschen und ebenfalls klein schnippeln. Zwiebeln schälen und fein hacken, dann zum übrigen Gemüse hinzugeben. Pass bitte gut auf deine Finger auf!

2. Mit Salz, Pfeffer, Muskatnuss abschmecken. Eier und Mehl unter die Masse geben und alles gut miteinander vermengen.
3. Das Öl in einer Pfanne erhitzen und die Gemüsepuffer je nach gewünschter Größe mit einem Esslöffel in das Öl geben. Goldbraun ausbacken und auf Küchenpapier abtropfen lassen.

Noch ein kleiner Tipp: Während die restlichen Gemüsepuffer ausbacken, kannst du die bereits fertigen im Ofen bei ca. 50 °C warm halten. Also nur die, die du nicht schon mal kosten musstest. Wer nicht probiert, weiß auch nicht, ob's schmeckt.

Zutaten Dip:

3 reife Avocados
1 Limette
1 Chili
1/2 rote Zwiebel
1 Zweig frischer Koriander
1 Knoblauchzehe
Pfeffer & Salz
Zubereitungszeit: 15 Minuten

Zubereitung:

1. Die reifen Avocados der Länge nach aufschneiden und das Vleisch (mit »V«, da Veggie) mit einem Löffel ganz leicht aus der Schale lösen und in eine Schüssel geben.

2. Die Limette auspressen und den Saft mit zu dem Avocadovleisch geben. Das Ganze mit einer Gabel zu einer Creme zerquetschen. Ich mag es, wenn es nicht ganz so homogen aussieht, sondern hier und da noch ein größeres Stückchen zu sehen ist, aber das ist Geschmackssache. Wenn die Konsistenz richtig ist, einen Avocadokern mit in die Schale legen, das verzögert die Oxidation, und die Guacamole wird nicht so unappetitlich braun.
3. Nun wieder gut auf deine Finger achten: Die Chili aufschneiden, von den Samen befreien und ganz hauchfein hacken. Die Zwiebel abziehen und ebenso wie auch den frischen Koriander fein schneiden. Dazu den Knoblauch schälen und klein reiben. Nun die Tränen trocknen und dann das Kleingehackte vorsichtig unter die Avocado-Limetten-Masse heben.
4. Mit Meersalz & Pfeffer abschmecken.
5. Den Kern natürlich kurz vorm Servieren wieder herausnehmen. Und nun wünsche ich dir: Guten Appetit. Lass es dir gut schmecken!

Mein perfekter Arbeitsplatz

Ich kenne zwar den Spruch, dass das Genie das Chaos beherrscht, aber mir tut Unordnung einfach nicht gut. Es gibt so viele Dinge in meinem Leben, auf die ich keinen Einfluss habe, da möchte ich auf jeden Fall selbst entscheiden, wie mein Arbeitsplatz aussieht. Früher habe ich viel zu oft versucht, mich Menschen anzupassen, mich auf die Gegebenheiten einzustellen, und vieles runtergeschluckt – heute versuche ich, es mir immer so angenehm wie möglich zu machen, um meine Energie voll und ganz in die Aufgabe zu stecken und nicht dafür zu verschwenden, irgendwie mit den Umständen klarzukommen.

Mich mit dem Laptop auf den Knien irgendwie aufs Bett zu kauern, nur um dann verspannt mit Kopfschmerzen zu kämpfen?! Nein, danke, ohne mich.

Ebenso wichtig wie die äußeren Umstände ist meine innere Haltung zu der Aufgabe. Klar, es gibt Aufgaben, die einfach mal so gar keinen Spaß machen, ganz im Gegenteil: Für eine Mathearbeit zu lernen konnte mir regelmäßig die Laune verderben.

Aber was ich viel zu spät erkannt habe: Wenn ich bereits mit einem Scheißgefühl und Angst gelernt habe, hatte ich genau das Gefühl auch während der Klausur. Das Wissen hat sich also beim Lernen mit der Emotion verknüpft, und selbst wenn ich die Aufgabe in der Klausur ohne Probleme lösen konnte, war da trotzdem dieses Scheißgefühl in der Magengegend. Hat zwar jetzt nix mit Mathe zu tun, aber die Formel stimmt trotzdem: Gutes Gefühl beim Lernen = gutes Gefühl bei der Klausur.

1. Frei von Ablenkung:

- aufgeräumtes Zimmer
- geordneter Schreibtisch
- Handy auf lautlos
- Mailprogramme geschlossen (damit nicht ständig Mitteilungen aufploppen)

2. Der Arbeitsbereich:

- ausreichend belüfteter, heller Raum
- richtig eingestellter Bürostuhl
- gute Position des Bildschirms
- meine To-do-Liste mit motivierendem Zitat (Vorschläge ab Seite 174)
- effiziente Anordnung der Arbeitsgeräte
- eine Pflanze, um die Raumluft zu verbessern
- eine Kerze, ein schönes Bild oder mein Glücksvorrat (siehe Band 1, Seite 96) fürs gute Gefühl
- ein Glas Wasser oder Tee

3. Die innere Haltung zur Aufgabe:

- Überblick verschaffen, was wirklich getan werden muss
- Akzeptieren, dass wir nicht drum herumkommen
- Gibt es etwas, was uns an der Aufgabe gefällt?
- Können wir einen Sinn darin finden, warum wir das tun müssen?
- Ja? → Aufs Ziel konzentrieren, vorstellen, wie es sich anfühlen wird, es geschafft zu haben, und aufs Ergebnis freuen.
- Nein? → Solche Aufgaben gibt's leider, aber auch hier hilft es, uns aufs Ziel zu konzentrieren und uns vorzustellen, wie es sich anfühlen wird, es geschafft zu haben. Jetzt aber eher unter dem Aspekt, dass wir uns dann endlich wieder schöneren Dingen widmen können.
- Motivierendes Zitat (Vorschläge ab Seite 174) als Mantra vorsagen und loslegen

4. Kleine Pausen einlegen:

- Stell dir einen Timer, der dich nicht mit einem irren Klingeln rausreißt, sondern dich eher durch ein leichtes Vibrieren sanft daran erinnert, auch mal aufzustehen, um dich zu lockern.
- Mach ein paar Streckübungen, um deinen Kreislauf in Schwung zu halten (check meinen YouTube-Account, dazu gibt's ein Video).
- Trink einen Schluck Wasser.
- Vergiss nicht, an deinen Schreibtisch zurückzukehren. Wenn es dir schwerfällt, nach einer Pause wieder reinzukommen, stell dir ebenso einen Wecker, der dich liebevoll daran erinnert, dass es Zeit ist weiterzumachen.

Hier kannst du dich auch selbst motivieren, indem du zum Beispiel deine innere Hymne vor jeder neuen Runde hörst oder eine leckere Nuss knabberst. Das mit der Nuss bitte nur, wenn du nicht gegen Nüsse allergisch bist. Ob deine Nachbarn gegen deinen Musikgeschmack allergisch sind und deine innere Hymne nicht so sehr feiern wie du, ist hingegen ziemlich egal.

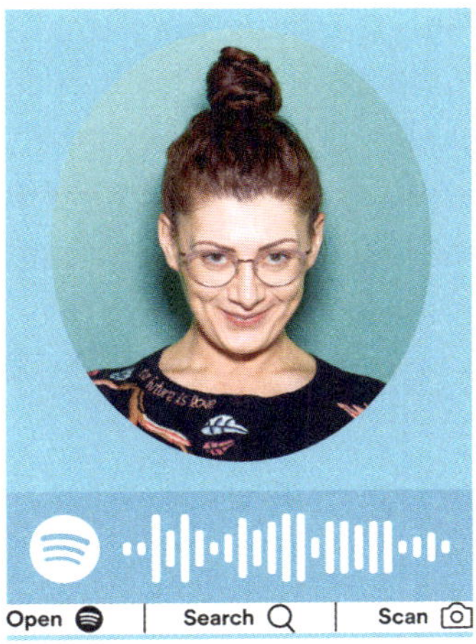

Urlaube und Ausflüge

Wann hast du zuletzt einen Ort besucht, an dem du noch nie zuvor warst? Ich war schon viel zu lange nicht mehr im Urlaub, aber ich merke, dass mich langsam, aber sicher das Fernweh packt. Eine meiner liebsten Freundinnen fliegt unglaublich gerne in den Urlaub und hat schon die halbe Welt bereist. Ich hingegen empfinde unsere Konzertlesungen »Batomae & Das Mädchen aus der 1. Reihe« und die Touren meines besten Freundes als spannende Reisen, da wir allein in den letzten Jahren schon über 100 Städte in ganz Deutschland besucht haben. Für mich ist das super aufregend, weil ich jeden Tag sehr viele liebe Menschen kennenlernen darf. Aber trotzdem würde ich auch mal gerne in ein anderes Land reisen, um neue Erfahrungen zu machen und Erinnerungen zu sammeln.

Übung:

Klebe hier dein schönstes Foto aus deinem letzten Urlaub oder von deinem letzten Ausflug hin und versuche in nur 3 Sätzen zu beschreiben, was du erlebt hast.

Du oder Sie?

Ich finde das mit dem Duzen oder Siezen ehrlich gesagt immer total schwierig. Für mich ist es völlig normal, von jedem geduzt zu werden, und inzwischen duze ich fast schon automatisch jeden, der mir über den Weg läuft. In der Musikbranche ist das absolut üblich, da wird man eher komisch angeguckt, wenn man jemanden siezt. Trotzdem gibt es auch da immer wieder Situationen, in denen ich unsicher bin. Ich wähle dann einen Mittelweg und mogel mich durchs Gespräch.

Formulierungstricks, um nicht über's Du/Sie-Problem zu stolpern:

Wie geht es Ihnen? / Wie geht es dir?

→ Wie geht's?

Könnten Sie mir bitte helfen? / Könntest du mir bitte helfen?

→ Ich bräuchte bitte Hilfe!

Schön, dass Sie mich anrufen! / Schön, dass du mich anrufst!

→ Danke für den Anruf!

Richtig streiten

Manchmal geht es einfach nicht anders, manchmal müssen wir uns streiten, um unserem Ärger Luft zu machen. Na ja, wenn ich das jetzt selbst so schreibe, komme ich schon ins Grübeln. Müssen wir uns wirklich streiten? Also mit Anschreien, hochrotem Kopf und Zornesfalten auf der Stirn?

Nee, eigentlich müssen wir das nicht. Mit dem Fuß aufstampfen und die Hand in die Hüfte stemmen ist noch okay, aber wirklich rumbrüllen macht unsere Argumente nicht besser und lässt uns auch nicht wirklich gut aussehen. Oder hast du schon mal jemanden gesehen, der beim Streiten gut aussah? Ich nicht.

Wenn du's kannst, will ich das sehen und wünsche mir, dass du ein Foto oder Video von deiner Streit-Performance machst und mit dem Hashtag #unvergleichlichdu postest. Haha, ich bin mir sicher, dass jetzt unglaublich viele nach dem Hashtag suchen, um zu schauen, ob es wirklich jemandem gelingt. Ich glaube zwar nicht, bin aber gespannt.

Zurück zur Frage, ob es sein muss. Ein Streit ist ja im Grunde nur eine Diskussion, wenn zwei Menschen unterschiedliche Meinungen haben und es nicht gelingt, ihre Meinung (siehe Seite 203) zu vertreten, ohne den anderen zu verletzen.

Hast du schon mal was von Ich-Botschaften und Du-Botschaften gehört?

Du-Botschaften sind immer Aussagen, mit denen du das Verhalten deines Gegenübers beschreibst, meist gehen sie auf Angriff und Konfrontation. Sie verletzen und drängen dein Gegenüber so sehr in die Enge, dass eine eigentlich gute Diskussion blöd eskaliert und im Streit endet. Um es auf den Punkt zu bringen, sind Du-Botschaften eine Waffe, die in einem Gespräch nichts zu suchen haben sollten.

Ich-Botschaften hingegen bleiben bei dir und deinen Gefühlen, du öffnest dich deinem Gegenüber und erklärst, was seine/ihre Worte oder Verhalten in dir auslösen. Ich-Botschaften machen dich im Gespräch auch unangreifbar, denn wenn du die Dinge ganz deutlich so formulierst, wie sie sich für dich anfühlen, kann dein Gefühl und deine Wahrheit von niemandem widerlegt werden. Wenn es sich für dich so anfühlt, ist es deine Wahrheit, und es zeugt von Stärke, dass du sie deutlich formulieren kannst (Kapitel »Deine Wahrheit«, Buch 1, Seite 108).

Beispiele für Du-Botschaften:

☞ Du bist ungerecht.

☞ Du bist nie für mich da.

☞ Du bist immer zu spät.

Fallen dir weitere Du-Botschaften ein?

☞ ______

☞ ______

☞ ______

☞ ______

☞ ______

☞ ______

☞ ______

Kannst du versuchen, sie in Ich-Botschaften umzuformulieren?

☞ ______________________________

☞ ______________________________

☞ ______________________________

☞ ______________________________

☞ ______________________________

☞ ______________________________

☞ ______________________________

Vermeide bei Diskussionen außerdem Worte wie: immer, jedes Mal, ständig, andauernd und typisch, weil sie unnötig verallgemeinern.

Und bleib bei einem Thema, sonst ergibt oft ein Wort das andere, und ein klärendes Gewitter wird zu einem ungestümen Gewitter mit Orkan, weil ihr mitten im Vorwurfs-Ping-Pong (Seite 138) gelandet seid.

Wenn es dann doch mal richtig eskaliert, gibt es immer noch eine Möglichkeit, die zwar viel Mut erfordert, aber häufig noch Schlimmeres vermeidet: Wenn du es schaffst, kurz durchzuatmen, schaue deinem Gegenüber in die Augen und sag einen der folgenden Sätze, um euch beiden die Möglichkeit zu geben, die Ausfahrt zu nehmen:

1. Können wir eine kurze Pause vom Streiten machen? Ich bin völlig erschöpft und muss dringend was trinken. Hast du auch solchen Durst?
2. Okay, wir haben uns jetzt lange genug gestritten, können wir uns nun bitte wieder lieb haben?
3. Du weißt hoffentlich, dass ich dich eigentlich lieb habe, oder?
4. Es tut mir leid, dass das hier grade so eskaliert. Ich will das gar nicht.

Fallen dir weitere ein?
Ich würde mich freuen, wenn du sie mit uns unter dem Hashtag #unvergleichlichdu teilst:

☞ ______________________________

☞ ______________________________

☞ ______________________________

☞ ______________________________

☞ ______________________________

☞ ______________________________

☞ ______________________________

☞ ______________________________

☞ ______________________________

☞ ______________________________

Vorwurfs-Ping-Pong

Neulich hat mir eine liebe Freundin gesagt, dass sie es unvergleichlich toll findet, wie ich mit Vorwürfen umgehen würde. Erst mal war ich kurz stutzig, denn das Wort »Vorwurf« und »toll« in einem Satz fand ich schon recht komisch, aber als ich nachgefragt habe und sie es mir erklärte, war es doch ein super liebes Kompliment.

Ständig machen sich Menschen Vorwürfe, manchmal sind es Kleinigkeiten, mal schwere Vorwürfe, die wirklich tief gehen und verletzen. Manchmal sind sie angebracht, manchmal völlig aus der Luft gegriffen. Aber so unterschiedlich die Vorwürfe auch sind, so ähnlich sind auch die Reaktionen auf Vorwürfe.

Ganz selten ist es so, dass jemand einen Vorwurf macht, der andere ihn annimmt und drüber nachdenkt. Ja, sich vielleicht sogar entschuldigt und verspricht, es in Zukunft besser zu machen. Meist ist der erste Vorwurf nur der Startschuss für ein Vorwurfs-Ping-Pong, bei dem es plötzlich nur noch darum geht, wer dem anderen schneller den nächsten Vorwurf um die Ohren hauen kann. In der Regel beginnt bei den Wortgefechten jeder Satz mit »ABER DU …«, und meist endet dieses Ping-Pong in einem riesengroßen Streit, bei dem keiner mehr so wirklich weiß, was denn eigentlich der Auslöser war, da sich alle so sehr hineingesteigert haben, dass es nur noch ums Gewinnen geht und wer den letzten Aufschlag versenkt.

Meine Freundin fand es beeindruckend, dass ich es schaffe, einen Vorwurf erst mal nur für sich stehen zu lassen, ohne direkt in das Ping-Pong einzusteigen. Dabei ist das eigentlich ganz einfach: Wenn mir jemand einen Vorwurf macht, frage ich nach, denn ich möchte bis ins kleinste Detail verstehen, was er oder sie mir vorwirft, und ebenso möchte ich wissen, warum.

Ganz, ganz selten endet ein Vorwurf im Streit, meist ist es sogar eher so, dass das Problem nach dem Gespräch völlig aus der Welt ist. Fragen können da zum Beispiel sein:

1. Kannst du mir ein Beispiel nennen, wann ich mich so verhalten habe?
2. Warum macht dich mein Verhalten so wütend?
3. Hast du eine Idee, was ich anders machen könnte?

Manchmal sind Vorwürfe aber auch völlig unbegründet, und auch da helfen dir diese Nachfragen, denn sie sind der Beginn für ein Gespräch, in dem du dein Verhalten erklären kannst und ihr das Missverständnis aus der Welt räumen könnt.

Übung:

Kannst du dich noch daran erinnern, wann dir jemand einen Vorwurf gemacht hat?
Worum ging es dabei, und wie hast du darauf reagiert?

Kannst du dich noch daran erinnern, wann du jemandem einen Vorwurf gemacht hast?
Worum ging es dabei, und wie hat er oder sie darauf reagiert?

Überlass es nicht den anderen

Es gibt Dinge, die wir getrost anderen überlassen können: Müll rausbringen, mit der Zungenspitze testen, ob es Zucker oder Salz ist, und gerne auch, ab und zu mal, welche Serie abends läuft. Wenn uns aber jemand abnehmen möchte, unsere eigenen Entscheidungen zu treffen, sollten wir sofort dankend ablehnen.

Ich war früher immer sehr happy, wenn ich keine Entscheidungen treffen musste. Ich habe mich sehr gerne – vielleicht auch viel zu gerne – auf andere verlassen. Zum einen, weil es unglaublich bequem war, zum anderen, weil ich dann nicht verantwortlich gemacht werden konnte, wenn der Film oder das Restaurant blöd war. Außerdem war ich unangreifbar, denn ich hatte nie wirklich Stellung bezogen. Zumindest nicht laut vor anderen. Ich gebe es nicht gerne zu, aber ja, ich war eine ziemlich langweilige Mitläuferin. Statt etwas aktiv mitzugestalten, war ich immer irgendwie nur mit dabei.

Heute genieße ich es, Entscheidungen zu treffen und meine Meinung zu vertreten, wenn es was zu diskutieren gibt (siehe »Übung macht den Meister«, Seite 158), auch wenn's mal unbequem wird. Aber ich wünschte mir, dass ich früher damit angefangen hätte, denn je öfter wir selbst aktiv Entscheidungen treffen, desto leichter fällt es uns. Yepp, ich würde wirklich sagen, dass es eine Frage des Trainings ist, und je öfter wir es tun, desto sicherer werden wir.

Übung:

Welche Entscheidung hast du zuletzt für dich allein getroffen?

Welche Entscheidung hast du zuletzt für dich und andere getroffen?

Gönnen können

Völlig egal, ob die bessere Note in der Klassenarbeit, die schickere Handtasche, das schnellere Fahrrad oder das neuere Handy: Ich finde es super sympathisch, wenn Menschen gönnen können. Um ehrlich zu sein: Ich konnte das nicht immer. Also ich war jetzt keine blöde Ziege, die hinter deren Rücken gelästert oder laut verkündet hat, dass ich es der anderen Person nicht gönne, aber so wirklich ehrlich mitfreuen konnte ich mich nicht immer. Ich habe dann zwar mein Ach-wie-schön-Lächeln aufgesetzt, aber so ganz ehrlich war das manchmal nicht.

Vielleicht zu 75 Prozent ehrlich, aber warum nicht voll und ganz? Ich glaube, es lag an einem ganz einfachen Denkfehler, denn ich habe mir dann einfach nur vorgestellt, wie stolz ich die gute Note meinen Eltern gezeigt hätte, wie gut mir die schicke Handtasche gestanden hätte, wie viel länger ich morgens hätte schlafen können, wenn mir das schnelle Fahrrad gehören würde, und wie sehr mich die anderen um mein neues Handy beneidet hätten. Hier wäre es mir, so ganz nebenbei bemerkt, auch völlig egal gewesen, ob es mir die anderen gegönnt hätten, ich wollte es einfach nur haben und hätte den Neid dafür gerne in Kauf genommen.

Aber genau das war der Knackpunkt: Selbst wenn das, was ich der anderen Person nicht gönnen konnte, ab dem Moment nicht mehr der Person gehört hätte, hätte das ja nicht bedeutet, dass es ab dem Moment mir gehört hätte. Du verstehst, was ich meine, oder?

Nur weil wir – nennen wir sie einfach mal Julia –, also, nur weil wir Julia das neue Handy wegnehmen würden, bedeutet es ja absolut nicht, dass ich es bekomme. Schließlich hatte Julia Geburtstag und ich nicht. Auch für die bessere Note in der Klassenarbeit hätte ich vermutlich zu Hause bleiben müssen, um zu lernen, statt zum Konzert zu gehen.

Wenn ich mir das bewusst mache, wird aus dem 75-Prozent-Gönnen ein 100-Prozent-Gönnen und Von-Herzen-Mitfreuen. Und genauso wie geteiltes Leid halbes Leid ist (siehe Seite 25), ist geteiltes Glück ja auch doppeltes Glück. Probier's aus, ein absolut unvergleichliches Gefühl.

Übung:

Kannst du dich daran erinnern, wann du zuletzt jemandem etwas nicht so wirklich gegönnt hast? Weißt du noch, was das war und warum es dir so schwergefallen ist, dich mit ihm oder ihr zu freuen?

Gute Nachrichten, schlechte Nachrichten

Ich weiß nicht, ob du das Gefühl auch kennst, aber wenn ich Nachrichten lese oder anschaue, verdirbt mir das sehr oft echt die Laune. Nicht nur so ein bisschen, nein, wenn ich mich damit beschäftige, was alles in der Welt schiefläuft, wo überall Krieg herrscht und wie wir unsere Umwelt mutwillig zerstören, stresst mich das total. Diese Bilder bleiben mir im Kopf und ploppen immer mal wieder zwischendurch auf. Ich fühle mich dann so machtlos und ohnmächtig, dass ich Angst bekomme, weil ich das Gefühl habe, dass ich absolut nicht unter Kontrolle habe, was in der Welt passiert.

Ja, ich möchte informiert sein und nicht die Augen verschließen, aber ich möchte mich schützen. Mir tut es sehr gut, wenn ich ...

1. ... mich gedanklich darauf vorbereite, mich gleich mit Bildern und Themen zu konfrontieren, die mich aufwühlen, und mir einen ruhigen Ort suche, der mir Geborgenheit schenkt.

2. ... mir einen zeitlichen Rahmen setze, wie lange ich mich mit neuen Nachrichten beschäftigen werde.

3. ... mir anschließend Zeit nehme, mich näher mit dem ein oder anderen Thema zu beschäftigen.

4. … mich nicht nur auf die Opfer und das Leid konzentriere, sondern immer auch auf die Helfer und Lösungsideen. Ja, zu schauen, wer sich dafür einsetzt, dass es besser wird.

5. … schaue, ob und wie ich aktiv dazu beitragen kann, dass es besser wird. Wir sind die Zukunft, wir können die Welt mitgestalten und zu einem sehr viel glücklicheren Ort machen.

Wir haben die Kontrolle: Lass uns die Welt gemeinsam mit guten Nachrichten schöner machen.

Gute Nachrichten können zum Beispiel sein:

- ☞ Neues Insektenhotel eröffnet
- ☞ Zukunftsbaum gepflanzt
- ☞ Wieder ein Lächeln verschenkt
- ☞ Wir engagieren uns
- ☞ Ich habe Geburtstag (denn wenn du Geburtstag hast, ist das auf jeden Fall ein Grund zum Feiern)

Fotografiere diese Seite, bevor du etwas reingeschrieben hast, und poste sie bei Instagram in deine Story. Nein, natürlich soll die Seite nicht leer bleiben. Das wär ja Quatsch. Nun hast du mit dieser von dir selbst fotografierten »Good News«-Vorlage die Möglichkeit, wann immer etwas Schönes passiert, gute Nachrichten mit der Welt zu teilen. Füge noch Musik hinzu. Gute News haben einen Soundtrack verdient. Verlink mich gerne in deiner Story, ich liebe gute Nachrichten.

Übung:

Was war die letzte gute Nachricht, die du bekommen hast? Schreib sie auf der nächsten Seite auf!

Good News

Übung macht den Meister: vor anderen sprechen

Früher habe ich es gehasst, vor anderen Menschen zu sprechen. Wirklich, es gab kaum was Schlimmeres für mich. Mein Herz hat angefangen zu rasen, ich bin binnen Sekunden tiefrot angelaufen, habe angefangen zu stottern und wäre am liebsten im Erdboden versunken. Also habe ich jede Situation vermieden, in der ich vor anderen hätte sprechen müssen, und so wurde meine Angst davor immer schlimmer.

Heute macht es mir keine Angst mehr, yepp, inzwischen spreche ich sogar sehr gern vor anderen. Noch lieber nur mit anderen Menschen. Warum? Weil ich es geübt habe. Es gibt unzählige Möglichkeiten, sich da ganz langsam heranzutasten.

Als Allerstes habe ich an meinen kleinen Cousinen geübt. Wir haben uns zusammen auf die Couch gekuschelt, und ich habe ihnen Gutenachtgeschichten vorgelesen. Dabei habe ich mich voll und ganz in die verschiedenen Rollen hineinversetzt. Mit Stimmeverstellen und Ganz-Körper-Gestik. Das volle Programm. Yepp, du kannst mir glauben, dass ich die wohl zuckersüßeste Prinzessin und gleich im nächsten Moment den gruseligsten Bären überhaupt abgegeben habe. Eingeschlafen sind meine Cousinen zwar nie, aber das habe ich einfach mal als Kompliment für mich verbucht.

Dann habe ich angefangen, die Fragen meiner Eltern ausführlicher zu beantworten. Statt auf die Frage »Wie war es in der Schule?« mit einem knappen »Ganz okay« oder »Wie immer« zu antworten, habe ich ausführlich erzählt, was in der Schule los war. Meine Eltern waren überrascht und ziemlich

happy, dass sie mir nicht mehr alles aus der Nase ziehen mussten, weil ich freiwillig erzählt habe. Dass es in Wahrheit einfach nur Training für den Ernstfall war, musste ich ihnen ja nicht auf die Nase binden.

Und wenn dann der Ernstfall – also zum Beispiel ein Referat in der Schule – eingetreten ist, habe ich mir immer kurz Zeit genommen, um als Allererstes eins zu tun: Sobald ich vor der Klasse stand, habe ich mir meine Klassenkameraden angeschaut. Was ich gesehen habe? Jedem Einzelnen stand ins Gesicht geschrieben: Was ein Glück, dass ich nicht da vorne stehen muss.

Alle waren dankbar, dass ich dran war, und jeder hatte eine Mischung aus Neugierde und Mitleid in den Augen. Meine Klasse hatte ich also schon mal auf meiner Seite, und schon war alles nur noch halb so wild. Jede und jeder andere wäre genauso aufgeregt wie ich gewesen.

Ein schönes Gefühl, und ja, in der nächsten Stunde würde ich wieder bei den anderen auf der Zuschauerseite sitzen und der- oder demjenigen die Daumen drücken, der vorne stünde.

Übung:

Gibt es Situationen, in denen es dir schwerfällt, vor anderen zu sprechen?

#JA!

Gab es eine Situation, in der es dir vielleicht sogar Spaß gemacht hat, vor anderen zu sprechen? Um welches Thema ging es da?

Gibt es Menschen, vor denen du es üben kannst?

Vorfreude feiern

Ich habe eine Theorie: Vielleicht bin ich deswegen nicht spontan (siehe »Spontaneität«, Seite 210), weil ich mich so gerne vorfreue. Ja, wirklich, ich liebe es, Dinge zu planen und so lange wie möglich auf den einen Moment hinzufiebern, an dem sie endlich stattfinden. Völlig egal, ob es ein Konzert von meinem besten Freund ist, ein lang ersehnter Urlaub oder ein besonderer Friseurbesuch. Je länger ich vorher Zeit habe, desto besser.

Es mag durchaus sein, dass dadurch meine Erwartungen ganz besonders hoch sind. Yepp, das will ich gar nicht abstreiten. Trotzdem, ich freu mich lieber grenzenlos vor und bin dann halt kurz enttäuscht, wenn es eventuell doch nicht so bombastisch ist, wie ich es mir ausgemalt habe. Doch für mich ist das schöner, als wenn ich mir die Vorfreude von vornherein nehme und dann vielleicht trotzdem enttäuscht bin. Denn nur weil ich mich nicht vorfreue, heißt das ja im Umkehrschluss nicht, dass das Konzert nicht trotzdem ins Wasser fällt, der Urlaub nicht so schön oder der Friseurbesuch zum Desaster wird.

So hatte ich wenigstens die Vorfreude, und die kann mir keiner nehmen. Im Download-Bereich auf **www.unvergleichlich-du.de** findest du eine Vorlage für einen Abschneid-Kalender, um Wartezeit zu verkürzen und die Vorfreude zu feiern.

1	11	21	31	41	51	61	71	81	91
2	12	22	32	42	52	62	72	82	92
3	13	23	33	43	53	63	73	83	93
4	14	24	34	44	54	64	74	84	94
5	15	25	35	45	55	65	75	85	95
6	16	26	36	46	56	66	76	86	96
7	17	27	37	47	57	67	77	87	97
8	18	28	38	48	58	68	78	88	98
9	19	29	39	49	59	69	79	89	99
10	20	30	40	50	60	70	80	90	100

Liegt es an mir?

»Liegt es an mir, habe ich irgendwas falsch gemacht?« ist eine Frage, die ich mir viel, viel zu oft stelle. Wenn die Verkäuferin genervt ist, wenn mich jemand übersieht oder wenn ich zum Beispiel bei einem Auftritt jemanden in der letzten Reihe sitzen sehe, dessen Gesichtsausdruck unmissverständlich mitteilt, dass er grade alles hat, aber keinen Spaß.

Ja, ich bin eine Frau, und ja, ich liebe Schuhe, aber muss ich mir deswegen wirklich jeden Schuh anziehen? Nein, muss ich nicht, denn es gibt Schuhe, die mir einfach ein paar Nummern zu groß sind. Außerdem hat Batomae es mal ziemlich gut auf den Punkt gebracht: »Jana, du bist nicht der Nabel der Welt. Es gibt auch 1000 andere Dinge, die die Stimmung der Menschen um dich herum beeinflussen.« Recht hat er, und eigentlich ist es sogar ziemlich arrogant von mir, dass ich glaube, dass alles, was um mich herum passiert, von mir und meinem Verhalten beeinflusst wird.

Die Verkäuferin, die so genervt gewirkt hat, hatte sicherlich schon einen langen Tag hinter sich, und die endlose Schlange mit drängelnden und nörgelnden Kunden ließ ihren Feierabend in unerreichbare Ferne rücken. Da hätte ich auch nicht die beste Laune.

Der Bekannte, der mich nicht gegrüßt hat, war mit den Gedanken vielleicht ganz woanders und hat mich einfach übersehen. Ich sollte doch die Erste sein, die dafür Verständnis hat. Bei meinem schlechten Gesichts- und Namensgedächtnis erkenne ich die Menschen oft nicht mal, wenn sie direkt vor mir stehen und mich freudestrahlend grüßen. Das meine ich ja auch nie böse. Ich kann mir nur weder Gesichter noch Namen merken.

Und der junge Mann, der bei dem Auftritt mit verschränkten Armen in der letzten Reihe saß und so gruselig dreinschaute? Den habe ich nach dem Auftritt tatsächlich drauf angesprochen, als er mir zu dem tollen Abend gratulierte. Ich war so irritiert, als er ihn als einen der schönsten Abende seit Ewigkeiten bezeichnete. Ja, ich war sogar kurz davor, ihm zu sagen, dass er es doch ruhig auch mal seinem Gesicht sagen sollte, wenn er so einen Spaß hatte. Dann habe ich ihm aber einfach nur gestanden, dass ich ihn schon von der Bühne aus beobachtet hatte und es für mich leider ganz anders aussah. Er schlug die Hände vors Gesicht, kam ganz nah an mein Ohr und gestand mir, dass er einen gebrochenen Zeh hätte. Für den Abend hatte er sich extra neue Schuhe gekauft, und genau die verursachten grade höllische Schmerzen.

Seitdem stelle ich mir nun immer die ganz einfache Frage: »Jana, hast du etwas getan, was das Verhalten deines Gegenübers erklärt?« Dazu lasse ich dann mein Verhalten kurz Revue passieren, und wenn mir dann nichts einfällt, mache ich einen Haken hinter den Gedanken.

Übung:

Neigst du auch dazu, dir ständig Gedanken zu machen, ob es an dir liegt, dass jemand anders mies drauf ist? Erinnerst du dich vielleicht sogar noch an eine Situation in den letzten Tagen? Hast du die Möglichkeit, die Person kurz anzurufen und ihr davon zu erzählen und mal nachzufragen, was wirklich los war?

Die schönsten und motivierendsten Batomae-Zitate

Niemand ist wie du

Und wenn du denkst, dass dich niemand sieht
Und es egal ist, dass es dich gibt
Wenn du denkst, du bist nie genug:
Niemand macht das so gut wie du
Ich find's krass, was du da jeden Tag tust
Denn niemand ist wie du

An deiner Seite

Ich bin an deiner Seite
Versprech', dass ich dort bleibe
Nehm' deine Sorgen dich mit
Lass ich dich nicht alleine
Bleibe an deiner Seite

Unser Lied

Das ist Unser Lied
Wir sind wie Pauken und Trompeten
Immer laut und leicht daneben
So wie diese Melodie
Werden uns niemals verlier'n
Wir sind wie 'n Evergreen
Das ist unser Lied

Für den Anfang

Für den Anfang, für das was kommt
Schieß' Leuchtsignale von meim' Balkon
Für den Anfang, für mein Willkommen
Den Blick nach vorn'
ja, vielleicht reicht das schon
Für den Anfang

Missverständnissen vorbeugen

»Hm, das war dann wohl ein dummes Missverständnis. Ich bin froh, dass wir das geklärt haben« ist ein Satz, der ganz oft einen unnötigen Streit beendet und mich wieder tief durchatmen lässt. Es gibt für mich kaum etwas Schlimmeres, als mich missverstanden zu fühlen oder jemand anderen zu misszuverstehen. Das ist so unnötig.

Wenn es Diskussionen gibt, okay, damit komm ich klar. Wenn jemand Bockmist gebaut hat und man einfach mal eine Zeit lang richtig böse aufeinander sein muss, bevor man sich aussprechen und wieder vertragen möchte, gut und schön, kann ich auch mit leben. Nicht besonders gut, ich kläre so was lieber direkt … Aber Missverständnisse? Nein, die müssen sofort aus der Welt geschafft werden oder, noch besser, sie dürfen gar nicht erst entstehen.

Ich habe mir mal Gedanken gemacht, wann die Gefahr von Missverständnissen droht, und bin auf folgende Situationen gekommen:

1. Wenn man nicht mit der Person selbst spricht, um die es geht:

Wir kennen das alle vom »Stille Post«-Spielen. Wenn man nicht direkt miteinander spricht, sondern Dinge weitergetragen werden, wird aus einem »Ich mag ihre Ausstrahlung« ganz schnell ein »Die ist doch komplett verstrahlt«. Deshalb bemühe ich mich immer, nur mit der Person zu sprechen, die es auch wirklich angeht. Ebenso lasse ich mich von anderen nicht dazwischenspannen, sondern sage immer »Klärt das bitte direkt miteinander, wenn ihr ein Problem habt«. Oft genug ist es passiert, dass am Ende ich die Blöde war, die es angeblich falsch weitergegeben hätte.

2. Wenn man versucht, wichtige Dinge per WhatsApp zu klären:

Sosehr ich WhatsApp liebe, wenn es wirklich wichtig ist, dann rufe ich an. Besonders, wenn es um Gefühle geht. Diese ganzen Emojis und Me-Mojis, und wie die Dinger alle heißen, sind zwar ganz süß, aber ersetzen keinen Tonfall der Stimme. Nur an der Stimme kann man wirklich erkennen, was der andere fühlt. Außerdem fließt beim Lesen und Interpretieren der empfangenen Nachricht auch immer noch die eigene Stimmung mit ein. Wenn es mir richtig mies geht, kann die Message noch so lieb gemeint sein, ich lese sie dann mit meiner traurigen oder gereizten Stimmung, und genauso kommt sie dann auch bei mir an. Um das zu vermeiden, sind Sprachnachrichten natürlich auch eine gute Möglichkeit, denn Stimme = Stimmung. Noch besser ist es natürlich, sich zu treffen, denn ein Blick in die Augen ist durch nichts in der Welt zu ersetzen.

Übung:

Such mal eine alte Textnachricht raus, die du gelesen hast, als es dir nicht gut ging. Weißt du noch, wie du dich in dem Moment gefühlt hast? Und nun lies dieselbe Nachricht noch mal mit guter Laune und versuch sie mal so zu lesen, als wärst du grade sauer, genervt, happy oder jede andere Stimmung, in die du dich gerade hineinversetzen möchtest. Krasser Unterschied, oder? Ich mach das immer mal wieder, um mir zu verdeutlichen, dass man bei wichtigen Themen unbedingt anrufen sollte (vgl »Telefontortur«, Seite 51).

3. Wenn man aneinander vorbeiredet

Aber auch wenn man sich in die Augen schaut, die Stimme und somit die Stimmung des anderen hören kann, kann es trotzdem passieren, dass man einander missversteht. Hier hilft mir, dass ich das Gespräch zwischendurch anhalte und noch mal auf den Punkt bringe, was gerade gesagt wurde. Wenn du also das Gefühl hast, dass ein Gespräch außer Kontrolle gerät, hol die Kontrolle zurück, indem du immer wieder das Wichtigste des Gesagten zusammenfasst. Du kannst es zum Beispiel mit einem »Ich habe das gerade so und so verstanden« einleiten und dann dein Gegenüber fragen: »Hast du es so gemeint?«, und ihm oder ihr so die Chance geben, die Dinge richtigzustellen, die bei dir falsch angekommen sind.

Das Leben ist keine Sitcom

»Warum applaudiert keiner, wenn ich den Raum betrete?«
»Warum lacht keiner, wenn ich 'nen Witz erzähle?«
»Warum ertönt keine traurige Musik, wenn ich trübsinnig aus dem Fenster schaue?«

Wenn dir diese Gedanken bekannt vorkommen, schaust auch du eindeutig zu viele Serien und Sitcoms. Ich habe mich tatsächlich mal eine ganze Zeit im Binge-Watching, also dem maßlosen Suchten von Netflix und Co., verloren. Essen und dabei anderen Menschen beim Leben zuschauen, ohne dabei selbst das Bett zu verlassen … Ich hab's getestet und kann dir sagen: keine gute Idee.

Ohne es zu wollen, habe ich angefangen, nicht nur mich mit den Hauptdarstellern zu vergleichen, sondern mein komplettes Leben gleich dazu. Plötzlich kam mir mein Leben extrem belanglos, langweilig und farblos vor. Meine Freunde waren nicht so lustig, mein Zimmer nicht so stilvoll und meine Gefühle nicht so dramatisch oder euphorisch wie im Film.

Kein Wunder: Wenn man die Wirklichkeit mit einer auf Hochglanz polierten und auf 30 Minuten getrimmten Lüge vergleicht, kann man nur verlieren. Dabei schreibt doch das Leben die ehrlichsten Geschichten, und nichts berührt uns so sehr wie eine wahre Geschichte, die sich nicht irgendwer am Schreibtisch ausgedacht und mit ein paar lustigen Gags aufgepeppt hat. Dein Leben ist unvergleichlich und mit Sicherheit bedeutsamer und wertvoller als jede Serie.

Übung:

Gibt es eine Szene aus deinem Leben, die es verdient hätte, verfilmt zu werden?

Wer sind die Hauptdarsteller?

Was ist passiert? Ging die Geschichte gut aus?

Welcher Song wäre der ideale Soundtrack für diese unvergleichliche Szene aus deinem Leben?

Ich habe gleich meinem ganzen Leben einen Soundtrack verpasst. Du kannst ihn dir hier anhören, wenn du den Code scannst.

Mitfühlen, aber nicht mitleiden

So wie ich dich einschätze, bist du jemand, der sehr sensibel ist. Du spürst genau, wie es den Menschen um dich herum geht, liest in ihren Augen und zwischen den Zeilen. Ja, wenn du siehst, dass sich im Fernsehen jemand in den Finger schneidet, zuckst du vermutlich genau wie ich zusammen und spürst den Schmerz.

So empathisch zu sein, sich also in andere Menschen hineinfühlen zu können, ist eine unvergleichlich wertvolle Eigenschaft, aber wir müssen wirklich, wirklich gut auf uns selbst achtgeben.

Zwischen Mitfühlen und Mitleiden ist es nur ein ganz schmaler Grat. Es muss dir gut gehen, damit du auch anderen helfen kannst. Überleg mal, bei Turbulenzen im Flugzeug ist es ja auch so, dass immer wieder darauf hingewiesen wird, dass man zuerst sich selbst die Sauerstoffmaske aufsetzen soll, bevor man schaut, ob man seinem Sitznachbarn helfen kann. Warum? Na, ganz klar, wenn du selbst in Ohnmacht fällst, kannst du niemandem mehr helfen.

Mit jemandem mitzufühlen schafft Zusammenhalt, Vertrauen und stärkt das unsichtbare Band zwischen euch, aber mit jemandem mitzuleiden kostet Kraft, Energie und macht dich müde, leer und traurig. Am Ende bist dann du noch diejenige, die wieder aufgepäppelt werden muss, und das wäre doch sehr schade.

Natürlich begleiten dich die Gedanken, wenn dir jemand was Schlimmes erzählt hat. Klar, du suchst nach Lösungen und Antworten, aber das Unglück der anderen darf dich nicht komplett erfüllen und all das Glück, das du in deinem Leben hast, ins Abseits drängen. Beschütze dich davor, indem du genau schaust, dass dein eigener Glücksvorrat immer wieder aufgefüllt wird (siehe »Geheimer Glücksvorrat«, Band 1, Seite 96), denn du bist du und dein Leben ist dein Leben.

Was willst du mal werden?

Irgendwie war ich schon immer anders. Also anders als die anderen Mädchen in meinem Alter. Ich wollte nicht mit Puppen spielen, ich bin viel lieber auf Bäume geklettert. Ich wollte keine geflochtenen Zöpfe mit bunten Haarbändern, ich wollte meinen Hexenschnitt. Beim Berufswunsch war das nicht anders. Ich wollte keine Ärztin, Anwältin oder Polizistin werden, nein, ich wollte Tierheimhelferin werden und mit den Hunden Gassi gehen.

Heute bin ich keine 15 mehr, und auch wenn ich immer noch sehr gerne mit Hunden Gassi gehe, haben sich meine beruflichen Ziele verändert. Erst war ich Musikmanagerin, dann kam Bloggerin (www.endlich-ich.com), YouTuberin (www.youtube.com/c/JanaCrämer) und Podcasterin (Schweigen ändert nichts) dazu, tja, und nun sitze ich hier und schreibe bereits mein drittes Buch. Wie krass ist das denn, bitte?

Ich habe mich dabei nie unter Druck setzen lassen, wenn es um meine »Karriere« ging, und ich möchte auch dir die Angst davor nehmen. Du musst jetzt noch nicht wissen, was du in 5 Jahren machen möchtest. Folge deinen Talenten, frag in deinem Bekanntenkreis und schnupper in so viele Berufe wie möglich hinein. Auf diese Weise merkst du ganz schnell, was dir liegt, aber ebenso auch ziemlich schnell, was dir keinen Spaß macht. Und hab keine Angst, niemand erwartet, dass du bereits etwas von dem beherrschst, was du dir in den Schnuppertagen anschaust. Niemand rechnet damit, dass du wirklich mitarbeiten kannst. Wenn es darum geht, in einen Beruf hineinzuschnuppern, geht es in erster Linie darum, den anderen beim Arbeiten zuzuschauen und vielleicht mal mitanzupacken, wenn es sich anbietet und du es dir zutraust. Du kannst also absolut gar nichts falsch machen.

Freu' dich einfach auf all die Möglichkeiten, die du ausprobieren kannst. Es gibt so unfassbar viele Berufe, dass du sicher viele ganz toll finden wirst, bevor du den einen findest, der eben keine Arbeit, sondern deine Berufung ist. Und wenn dich in Zukunft noch mal jemand fragt, was du später mal werden willst, sagst du einfach nur: GLÜCKLICH.

Übung:

Welche Berufe gibt es in deinem Bekanntenkreis? Fallen dir 3 ein, die du spannend findest, und 3, die du absolut blöd findest?

JA!

NOPE!

Wer einmal lügt...

... dem glaubt man nicht, auch wenn er dann die Wahrheit spricht« ist ein uralter Spruch, und um ehrlich zu sein, halte ich ihn für Quatsch. Ich bin zwar absolut nicht stolz drauf, aber ich habe früher sogar relativ häufig gelogen. Oder vielmehr »geflunkert«, wie meine Mama meine kreativen Ausschmückungen immer ganz lieb bezeichnet hat.

Ich denke, dass es daran lag, dass ich oft das Gefühl hatte, meine Wirklichkeit sei nicht aufregend, nicht schrecklich oder nicht schön genug. Eben einfach nicht so erzählenswert wie die Geschichten in den Kinderbüchern und Jugendserien. Also habe ich hier etwas dazugedichtet und dort etwas dazuerfunden. Das hat auf Familienfeiern für Belustigung gesorgt und niemandem wirklich wehgetan.

In der Schule war das schon etwas anderes. Ich habe gelogen, weil ich das Gefühl hatte, sonst langweilig, uninteressant und nicht gut genug zu sein. Ich habe gelogen, um dazuzugehören, um von den anderen akzeptiert zu werden und nicht die Außenseiterin zu sein. Mit der Zeit wurde es immer anstrengender, mein Lügenkonstrukt aufrechtzuerhalten, und ich musste höllisch aufpassen, wem ich was erzählt hatte, um mich nicht zu verplappern und aufzufliegen.

Wenn du auch das Gefühl hast, dass deine Kreativität bei deinen Geschichten mit dir durchgeht, stell dir mal die Frage, warum du das machst. Warum ist die Wahrheit nicht gut genug?

Wenn du bei Erzählungen über deine Eltern, Freunde, eure Wohnung oder den letzten Urlaub erst mal eine dicke Ladung Sternenstaub drüberstreuen musst, um anderen davon zu erzählen, liegt es vermutlich daran, dass du dich für etwas schämst und dir selbst wünschst, dass deine Lüge die Wahrheit wäre. Das ist unglaublich schade, denn das bedeutet, dass du, genau wie ich damals, das Gefühl hast, lügen zu müssen, um dazuzugehören.

Ich habe mir damals die Frage gestellt, für wen ich das tue. Für wen lüge ich?

1. Für mich? Meine Lüge ändert ja nichts an der Wahrheit, also geht es mir mit der Lüge nur schlechter als vorher, weil Lügen aufrechtzuerhalten unglaublich anstrengend ist.
2. Für andere? Durch meine Lügen wird ihr Leben ja nicht besser oder schlechter. Sie haben also absolut keinen Vorteil durch meine Lügerei. Und ganz ehrlich, wer mich nur mit Sternenstaubfilter mag, der ist kein wahrer Freund.

Ich bin mir sicher, dass du überrascht sein wirst, wie viele deiner Freundinnen froh sind, wenn endlich mal einer anfängt, die Dinge nicht schöner und nicht schlimmer zu machen, als sie wirklich sind. Ja, wir sind es alle durch die sozialen Netzwerke gewohnt. Glaubt man Instagram, TikTok und Co., stehen wir alle gestylt auf und sind 365 Tage im Jahr im Sommerurlaub. So ein Unsinn.

Ehrlichkeit tut gut, und wenn erst mal eine von euch anfängt, trauen sich sicher auch die anderen, in Zukunft ehrlich zu sein. Trau du dich und mach den Anfang. Wenn du noch nicht ehrlich zu den anderen sein kannst und hier etwas üben möchtest, vertrau unserem Buch die Wahrheit an.

1. Wann hast du das letzte Mal geflunkert?

2. Wen hast du angeflunkert?

3. Was hast du ihm/ihr erzählt?

4. Wie wäre die Geschichte in Wahrheit gewesen?

5. Warum war dir die Wahrheit unangenehm?

6. Was würde passieren, wenn du ihm/ihr die Wahrheit doch erzählst?

7. Was ist passiert, als du ihm/ihr die Wahrheit erzählt hast?

Ich schminke mich zur Weltherrschaft

Ja, Concealer löst sicherlich nicht alle Probleme, aber er ist ein sehr guter Anfang. Je unsicherer ich in mir, mit mir und mit meinen Gefühlen bin, desto mehr Sicherheit gibt mir meine äußere Hülle. Und ich finde es auch gar nicht schlimm, dass es so ist, da ich es einzuschätzen weiß und für mich zu nutzen verstehe. Meine äußere Hülle ist wie ein Stützrad, das ich wieder abschraube, wenn ich es nicht mehr brauche, weil meine innere Stärke zurück ist.

Es gibt bei mir zwei Arten von Wellness:

1. Entspannung und Auszeit, um mir Gutes zu tun und die Weltherrschaft in Angriff zu nehmen.

Nach einer erfrischenden Dusche oder einem entspannenden Bad creme ich mich, ohne dabei extra in jede einzelne Delle zu drücken, ein, tüddel mir mit wenigen Handgriffen die Haare zusammen, creme mein Gesicht ein und putze mir, bis die Tagescreme eingezogen ist, die Zähne. Dabei läuft meine Mitsing-Playlist, und nach et-

was Concealer und Puder, um nicht zu glänzen, und Mascara auf den Wimpern klatsche ich mir vorsichtig dreimal auf die Wangen, um etwas mehr Farbe zu bekommen.

Etwas Lipgloss drauf, Haarspray auf den Wuscheldutt und: tadaaaa, fertig.

Dass man unter dem Puder ein paar Unebenheiten und kleinere Pickelchen sieht, stört mich nicht weiter, denn die grinse ich einfach weg, dann achtet eh keiner drauf. Ich bin bereit, die Weltherrschaft in Angriff zu nehmen, und das unter meinen Augen sind keine Augenringe, sondern nur die Schatten großer Taten, und die darf auch jeder sehen.

2. Notfallprogramm, um wenigstens irgendwas im Griff zu haben, bevor die Welt komplett untergeht.

Nachdem ich beim Aus-der-Dusche-Kommen fast auf dem feuchten Boden ausgerutscht bin, quetsche ich beim Abtrocknen erst mal jede Delle in meinen Oberschenkeln. Meine Haare, zumindest die, die nicht beim Durchkämmen in der Bürste hängen geblieben sind, stehen nicht nur mit mir auf Kriegsfuß, sondern auch störrisch in alle Himmelsrichtungen. Mein Gesicht ist knatschrot, und die leuchtenden Pickel auf Stirn und Wangen scheinen sich zu einem Sternbild formieren zu wollen. Nach elfundsiebzig Versuchen, meine Haare zu bändigen, entscheide ich mich für einen unauffälligen Zopf im Nacken und widme mich nun mindestens eine Stunde lang meinem Gesicht, das ich so mit Make-up und allem, was mein Schminksack hergibt, zukleistere, dass ein Lächeln absolut ausgeschlossen ist. Macht aber nix, denn das habe ich heute garantiert eh nicht mehr vor. Die Welt und ich stehen auf Kriegsfuß, da gibt's nichts zu lachen.

Nun weißt du, wie es morgens bei mir im Bad aussieht. Dabei finde ich es selbst am allerschönsten, wenn sich jemand überhaupt nicht zu schminken braucht, um zu strahlen. Aber meine Haut ist leider manchmal etwas zickig, ich glaube, das hat sie von mir.

Schminken hat nicht nur etwas mit dem Äußeren zu tun, sondern oft auch sehr viel mit dem inneren Gemütszustand. Deshalb urteile bitte nicht über andere, die sich zwanghaft mit ihrem Äußeren beschäftigen, stundenlang in den Spiegel schauen, hier etwas wegschminken und dort etwas mogeln. Die Augen sind der Spiegel der Seele, und wenn diese trotz Eyeliner und Mascara traurig und leer aussehen, weißt du, was los ist.

Vielleicht haben diese Mädchen das traurige Gefühl, irgendwas vor der Welt verstecken zu müssen, oder haben in ihrem Schönheitswahn eine Möglichkeit gefunden, ein bisschen Kontrolle über ihr Leben zurückzugewinnen. Wer sich stundenlang mit dem Äußeren beschäftigt, hat wenig Zeit, um sich von traurigen Gedanken quälen zu lassen.

Ich wünsche dir, dass du die Chance bekommst, mal einen Blick hinter ihre Masken zu werfen, denn das wirklich Schöne an einem Menschen kann man doch eh nur mit dem Herzen und niemals mit den Augen sehen. Natürlich klappt das nicht so gut, wenn du auf sie zugehst und »Krass, du bist aber stark geschminkt, was stimmt denn nicht bei dir?« fragst.

Aber wenn du sie mal allein erwischst, könntest du »Du siehst sehr schön, aber leider auch sehr traurig aus, wenn du drüber sprechen möchtest, bin ich für dich da« sagen, und auch wenn es vielleicht nicht sofort dazu führt, dass sie dir ihr Herz ausschüttet, tut es ganz bestimmt sehr gut, dass du ihr dein offenes Ohr angeboten hast.

Sei kein Fähnchen im Wind

Ich liebe es, mich mit Menschen zu unterhalten, die eine Meinung haben. Ja, Menschen, die für ihre Ansichten einstehen und nicht nur anderen nach dem Mund reden. Ich mag es, ihnen zuzuhören, mich auszutauschen und mehr über ihre Gedanken zu erfahren. Ob ich derselben Meinung bin, spielt dabei für mich erst mal keine Rolle. Für mich zeugt es einfach von Stärke, wenn jemand eine eigene Meinung hat und die auch dann noch vertritt, wenn sich die Menschen um ihn herum verändern.

Ich habe einmal das krasse Gegenteil miterlebt und dachte wirklich, ich wäre im falschen Film oder bei der versteckten Kamera, denn das war einfach nur superpeinlich. Für ihn, nicht für mich. Ich war auf einer Party zu Gast, und ein Typ neben mir hat sich lautstark für Vegetarier eingesetzt. Er hat lauthals geschwärmt, was für tolle Veggiesteaks er neulich gegessen hätte und wie vorbildlich er es findet, dass jetzt auch mehr und mehr Restaurants vegetarische Gerichte auf der Karte haben. Er ergänzte, dass diese Entwicklung längst überfällig gewesen sei und niemand, der noch bei klarem Verstand wäre, heutzutage verantworten könnte, Fleisch zu essen. So weit, so gut.

Dann sind die beiden Mädels, mit denen er sich unterhalten hatte, zum Buffet gegangen. Ich tippe mal ganz frech, dass die zwei scharf auf die Veggieburger waren.

Keine Minute später stand derselbe Typ plötzlich mit zwei Kollegen zusammen und ist lautstark in deren Lästereien über Vegetarier eingestiegen. Er stimmte mit ein, dass es doch ziemlich daneben sei, dass Menschen Fleischersatz essen, wenn es doch Fleisch gibt, und dass er das ständige Getue ums Essen eh super lächerlich und anstrengend fände.

Der Typ bemerkte in seinem Eifer nicht, dass die beiden Mädchen inzwischen zurück waren, nun mit ihren Tellern direkt hinter ihm standen und natürlich alles mitbekamen. Laut genug war er allemal, denn wir alle bekamen es mit. Die Mädels verdrehten genervt die Augen, machten auf dem Absatz kehrt und stellten seinen Teller mit Veggie-Puffern – denn sie hatten ihm tatsächlich welche mitgebracht – wortlos auf einen Stehtisch und verließen den Raum.

Wenn du eine Meinung hast, bleib dir treu, völlig egal, mit wem du dich unterhältst. Du musst deine Einstellungen nicht den Menschen anpassen, mit denen du dich gerade umgibst. Das ist nicht nur super anstrengend und peinlich, nein, das bist dann auch nie wirklich du.

Ich sage nicht, dass sich deine Meinung nicht ändern darf, wenn du etwas Neues erfährst, was deine Meinung beeinflusst, oder wenn sich dein Blickwinkel ändert, weil du dich änderst. Neues Wissen darf deine Einstellungen natürlich beeinflussen, umso spannender, wenn es in einem Gespräch mit jemandem passiert ist. Aber hinterfrage hier auch immer die Quellen, wo er oder sie sein Wissen herhat.

Nur weil jemand etwas erzählt, bedeutet es nicht, dass es die Wahrheit ist. Aber wenn dich ihre oder seine Meinung und Argumente zum Nachdenken gebracht haben, ist es toll, wenn du dich etwas näher mit dem Thema beschäftigst und dann für dich entscheidest, wie deine eigene, ganz persönliche und unvergleichliche Meinung dazu ist.

Unvergleichlich gut haben übrigens auch die Veggie-Puffer geschmeckt, denn als ich aus dem Raum gegangen bin, habe ich mir den herrenlosen Teller geschnappt und gekostet. Natürlich habe ich die Gastgeberin sofort um das Rezept gebeten, und das leckere Veggie-Puffer-Rezept findest du auf Seite 119.

Übung:

Zu welchem Thema hast du zuletzt deine Meinung geändert, und wie kam es dazu?

Hat vielleicht schon mal jemand wegen dir seine Meinung geändert? Worum ging es, und was waren deine überzeugenden Argumente, die ihn oder sie zum Umdenken gebracht haben?

Spontaneität

Ich bin so ziemlich das Gegenteil von spontan. Ich liebe es, mich möglichst lange vorzufreuen, plane Unternehmungen so lang wie möglich im Voraus, um auf alle Eventualitäten vorbereitet zu sein, und schreibe mir Pro- und Kontra-Listen (siehe Seite 214), um zu entscheiden, ob ich etwas möchte oder eben lieber nicht.

Um ganz ehrlich zu sein, mag ich auch keine Überraschungen, nicht mal zum Geburtstag.

Wenn mich jemand zum Beispiel spontan besuchen kommt, um mich zu überraschen, kann es sehr gut sein, dass ich mich einfach tot stelle.

Yepp, ich verfalle erst in eine kurze Schockstarre, mache dann schnell das Licht aus und bewege mich möglichst leise, damit der unangekündigte Besucher nicht merkt, dass ich doch da bin.

An dieser Stelle ein ganz wichtiger Tipp: Handy sofort auf lautlos stellen. Denn als mein Überraschungsbesuch mal angerufen hat, um zu fragen, wo ich denn stecke, war's ruckzuck vorbei mit meinem Versteckspiel.

Früher habe ich die anderen um ihre Spontaneität beneidet, heute weiß ich, dass ich mich sehr anstrengen müsste, um spontan zu sein. Ich habe andere Talente und Eigenschaften, da muss ich nicht auch noch spontan sein. Für mich gilt: Ich überleg' mir das drei Tage und entscheide dann ganz spontan.

Übung:

Was war das Letzte, wo du dich ganz spontan drauf eingelassen hast?

Pro

Kontra

Streit in meinem Kopf

Ich bin jetzt nicht schizophren oder so, aber Stimmen höre ich manchmal trotzdem in meinem Kopf. Vielleicht kennst du das ja auch. Wenn es mir nicht gut geht, ich so richtig mies drauf bin, es schon selbst kaum noch mit mir aushalte und mich am liebsten selbst verlassen würde, unterstelle ich meinen liebsten Freunden, dass sie mich auch nicht mehr leiden mögen.

Und, jetzt kommt das Gemeine an der ganzen Sache: Ich unterstelle es ihnen, ohne es ihnen zu sagen. Wir haben also Streit, ohne dass sie davon wissen.

Ist dir das auch schon mal passiert, dass du eine Situation oder ein Gespräch mit jemandem, der dich eigentlich total gerne mag, in Gedanken durchspielst und deine Wut, die du auf dich selber hast, und die Worte, die du dir leider viel zu oft selbst gegen den Kopf knallst, dem anderen in den Mund legst?

Ich stelle mir dann zum Beispiel vor, wie ich meinen besten Freund Batomae anrufen würde, und höre in Gedanken sein genervtes Atmen, weil ich gerade die letzte Person auf der Erde bin, mit der er sprechen möchte. Als Nächstes überlege ich mir, wie ich ihm sage, dass mich sein Verhalten verletzt, und er wirft mir dann vor, dass ich mich viel zu oft melde und er schließlich auch noch andere Dinge zu erledigen hat. Da-

raufhin sage ich ihm – immer noch in Gedanken –, dass ich doch auch immer für ihn da wäre, wenn es ihm mal nicht gut ginge, daraufhin antwortet dann er, dass er mich nicht darum gebeten hätte, für ihn da zu sein. Ich beende unser imaginäres Telefonat dann mit einem »Dann ist es wohl besser, wenn wir uns aus dem Weg gehen, ich bin doch eh nur eine Belastung für dich«, und sitze heulend vor meinem Handy. Vor meinem Handy, dessen Display natürlich dunkel ist, weil ich ihn nicht angerufen habe.

Einmal hat mein Handy genau in diesem Moment aufgeleuchtet, und mein bester Freund war bildschirmfüllend als Anrufer zu sehen. Ich bin verheult und mit einem patzigen »Was?!« drangegangen, und Batomae hat völlig verstört und natürlich absolut zu Recht irritiert nachgefragt, ob es vielleicht gerade unpassend sei und ob er später noch mal anrufen dürfe, da er gerne etwas mit mir quatschen wolle. In dem Moment sind mir vor Erleichterung die Tränen in die Augen geschossen, weil ich so unglaublich erleichtert war, dass es mal wieder nur nerviger Psychofuck war.

Heute passiert das zum Glück nur noch sehr, sehr selten, aber als ich eine sehr lange, sehr dunkle Phase hatte und die Traurigkeit mein ständiger Begleiter war, stand der Streit in meinem Kopf fast jeden Tag auf dem Programm. Inzwischen steht dieser Psychofuck auf meiner Not-to-do-Liste und genau da gehört er auch hin. Schweigen ändert nichts, und als ich meinem besten Freund mal davon erzählt habe, wurde er sehr traurig. Er hat gesagt, dass es ihn ziemlich doll verletzt, dass ich ihm so ein Verhalten und solche Gedanken überhaupt zutraue, schließlich sind wir doch beste Freunde.

Wenn der Streit in meinem Kopf droht, wieder loszubrechen, stelle ich mir eine ganz konkrete Frage: Wie würde ich mich an seiner Stelle fühlen, wenn mir jemand vorwirft, solche Gedanken zu haben? Es dauert meist nur wenige Sekunden, bis der Psychofuck beendet ist und mir klar wird, dass das ziemlich unfair gegenüber meinem besten Freund war. Und unfair möchte ich nicht sein.

Will es mir mal so gar nicht gelingen, höre ich mir den Song »An deiner Seite« an. Für mich ist dieses Lied wie eine musikalische Umarmung – und Umarmungen helfen immer bei Psychofucks.

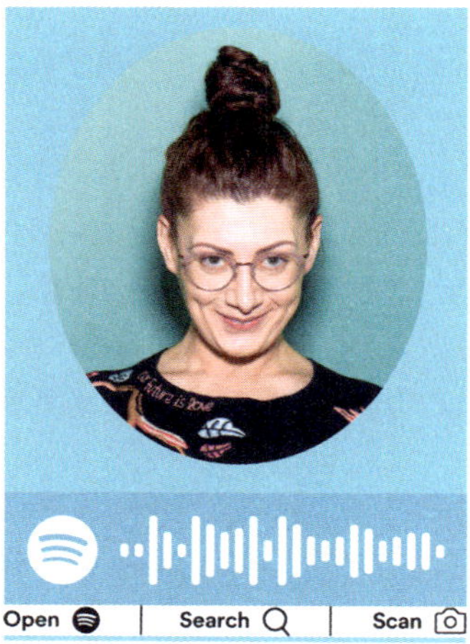

JA!
NEIN!
#?!

Immer fair bleiben

Ich bewundere Menschen, die sich gut ausdrücken und konstruktiv miteinander streiten können. Ich finde es toll, wenn es jemandem gelingt, mit Worten zu überzeugen und den anderen für sich zu gewinnen.

Manchmal gelingt mir das auch, aber hin und wieder mache ich leider noch den Fehler, den anderen zu beleidigen, zu kränken oder zu verärgern. Mir ist aufgefallen, dass das oft passiert, wenn ich aus Versehen bestimmte Worte wie »immer«, »nie« oder »typisch« benutze.

Diese Verallgemeinerungen sind, wie schon beim Vorwurfs-Ping-Pong (Seite 138) erwähnt, unfair, weil sie sich nicht auf das aktuelle Thema beziehen, sondern zudem alte Wunden wieder aufreißen. So läuft man Gefahr, dass auch der alte Ärger und die alten Verletzungen wieder hochkochen, und aus einer eigentlich kleinen Sache wird plötzlich ein Riesending.

Ich bemühe mich also, die Vergangenheit nicht ins Spiel zu bringen und nichts zu verallgemeinern, sondern mich ganz konkret auf die aktuelle Situation zu beziehen.

Übung:

Welche Worte fallen dir ein, die dich auf die Palme bringen? Schaffst du es, diese im Gespräch mit anderen zu vermeiden?

Oh ja, das kenne ich auch

Nur, weil etwas schon immer so war, muss es nicht für immer so bleiben. Eigenschaften oder Verhaltensweisen, die dich an dir stören, kannst du dir abtrainieren.

Ich möchte dir von einer sehr unangenehmen Eigenschaft erzählen, die ich mir gerade abtrainiere. Um ehrlich zu sein, ist sie mir erst mal gar nicht so sehr an mir aufgefallen, sondern an einer meiner Klassenkameradinnen. Egal, was irgendjemand erzählt hat, mittendrin kam von ihr ein »Ach, das kenn ich!« oder ein »Ach, das war bei mir auch so«. Wirklich absolut immer.

Keine Geschichte konnte zu Ende erzählt werden, ohne dass sie den Erzählenden unterbrochen hat und ab dem Moment die Aufmerksamkeit auf sich zog. Das hat mich immer schrecklich genervt, und ich hatte schon gar keine Lust mehr, irgendwas in der Gruppe zu erzählen, wenn sie dabeistand, da ich ja eh nicht hätte aussprechen dürfen.

Neulich hat mir meine Mama von einer Party bei ihrem Linedance-Verein erzählt und wie lecker das Buffet war. Als das Stichwort »Buffet« gefallen ist, habe ich schon gemerkt, wie mein Kopf zu rattern anfing, denn ich wollte ihr doch unbedingt auch noch von dem leckeren Buffet auf der Geburtstagsparty letzte Woche erzählen. Ich war gerade dabei, ihr ins Wort zu fallen, als ich zum Glück noch rechtzeitig gemerkt habe, dass ich nicht besser als meine Klassenkameradin war. Also habe ich den Mund gehalten, meine Mama aussprechen lassen und ihr, nachdem ihre Geschichte zu Ende war, von meinem Buffeterlebnis erzählt.

So machen Gespräche nämlich wirklich Spaß: wenn man

den anderen ausreden lässt, dann erst auf das Gesagte eingeht, bevor man es mit seinen eigenen Erfahrungen ergänzt. Manchmal vergesse ich während der Erzählung aber auch, was ich mit dem Stichwort in Verbindung gebracht habe und unbedingt erzählen wollte. Vermutlich war's dann einfach nicht so wichtig, und wenn doch, fällt es mir sicher irgendwann wieder ein. Und dann bin ich auch froh, wenn ich aussprechen darf.

Kleine Übung:

Gibt es Eigenschaften oder Verhaltensweisen, die dich an anderen furchtbar nerven?

Gibt es von diesen Eigenschaften vielleicht auch welche, die auf dich zutreffen?
Einsicht ist der erste Schritt, in Zukunft dein Verhalten zu ändern.

Lass dich nicht aufhalten

Diesen unglaublich wichtigen und so unvergleichlich wertvollen Ratschlag habe ich mal von meinem Opa bekommen, und ich finde, dass er auf ziemlich viele Situationen im Leben passt.

Das fängt in der Schule bei einer Klassenarbeit an: Lass dich nicht von der ersten Aufgabe, deren Lösung dir nicht einfällt, aufhalten, wenn du die zweite ganz easy beantworten kannst. Verschwende keine Zeit bei der ersten, sondern kehre zu ihr zurück, wenn du am Ende noch etwas Zeit übrig hast.

Genauso sieht es mit Menschen aus, die dir bei der Verwirklichung deiner Träume im Weg stehen. Okay, natürlich solltest du schon hinterfragen, ob sie vielleicht aus gutem Grund dort stehen, weil du etwas Gefährliches vorhast oder dir selbst oder jemand anderem Schaden zufügen könntest. Dann ist es sogar sehr gut, dass sie da stehen. Wenn es aber ein Traum von dir ist, der Mut erfordert, und dir andere das einfach nicht zutrauen, scheiß drauf, mach es! Lass dich von niemandem aufhalten, glaub an dich und kehre, nachdem du es geschafft hast, zu den Menschen zurück und erzähle, wie gut es dir getan hat, deinen Traum zu erleben. Vielleicht werden die, die dir eben noch im Weg standen, dann in Zukunft selbst auch etwas mutiger und nehmen sich dich zum Vorbild.

Vor allem: Steh dir nicht selbst im Weg. Ich weiß, wie das ist, wenn man sich Dinge nicht zutraut, selbst wenn alle anderen sagen, dass man das kann und man im tiefen Inneren genau weiß, dass man nur 20 Sekunden mutig sein müsste. Ich war immer eine riesige Schissbuchse, wenn es darum ging, vor Leuten zu sprechen. In der Schule habe ich bei Projektvorstellungen oder mündlichen Prüfungen ziemlich oft ganz schlimme Halsschmerzen vorgetäuscht, um mich irgendwie davor zu drücken. Bis ich irgendwann angefangen habe, mich der Angst zu stellen und es zu üben (siehe »Übung macht den Meister«, Seite 158).

Mich auf eine Bühne zu stellen, um aus meinem ersten Buch »Das Mädchen aus der 1. Reihe« zu lesen, war da noch mal eine ganz andere Nummer. Das wäre ja im Gegensatz zur Schule sogar irgendwie freiwillig gewesen. Zumindest mehr oder weniger freiwillig. Mein bester Freund wollte unbedingt, ich nicht. Ich stand mir da so lange selbst im Weg, bis ich einfach mit Batomae gemeinsam über meinen Schatten gesprungen bin und meine erste Lesung gegeben habe.

Yepp, ich war die ersten zehn Minuten knatschrot, habe gestottert, und mein Herz hat sich vor Aufregung fast überschlagen, aber heute genieße ich unsere Konzertlesungen, bei denen wir meine Geschichte mit seiner Musik verschmelzen lassen. Heute kann mich absolut nichts aufhalten, wenn es darum geht, meine Geschichte zu erzählen, und nach jeder Lesung nehme ich mir eine Minute nur für mich, atme tief durch und sage mir, dass ich stolz auf mich bin, dass ich mich nicht mal mehr von mir selbst aufhalten lasse.

Übung:

Gibt es etwas, bei dem du dir selbst im Weg stehst?

Weißt du, warum du es dir nicht zutraust?

Was wäre das Schlimmste, was passieren könnte?

Was wäre das Tollste, was passieren könnte?

Meinen Schlaf beschützen

Manchmal habe ich richtig Angst, abends einzuschlafen. Selten, wenn es mir gut geht und ich einen glücklichen Tag hatte. Dann genieße ich es, mich abends ins weiche Bett zu kuscheln, den Tag noch mal Revue passieren zu lassen und mir 3 Momente vom Tag auszusuchen, die mir ein Lächeln geschenkt haben. Quasi meine persönlichen Top 3 des Tages.

Angst, abends ins Bett zu gehen, habe ich vielmehr dann, wenn ich mir tagsüber große Sorgen gemacht habe, ja, wenn mir irgendetwas ganz schwer auf der Seele liegt. Denn je ruhiger es um mich herum wird, desto lauter und quälender werden die Gedanken, die mich dann bis in meinen Traum hinein verfolgen.

Deshalb baue ich mir mit schönen Ritualen einen Schutzschild vor den bösen Gedanken. Und ich merke, dass er von Tag zu Tag, den ich ihn flicke und pflege, stabiler wird. Mein Schutzschild, der meinen Traum beschützt und alles Böse von mir fernhält, hat verschiedene Felder und sieht ein bisschen aus wie Patchwork.

Ein Feld für jedes meiner Rituale vor dem Zubettgehen. Ich habe extra ein YouTube-Video für dich erstellt, damit du dir meine Rituale anschauen kannst. Vielleicht ist ja das ein oder andere dabei, dass dir auch guttun würde. Ein Feld steht für meine Playlist zum Einschlafen, und ein besonders großes Feld steht für mein kuschlig weiches Bett.

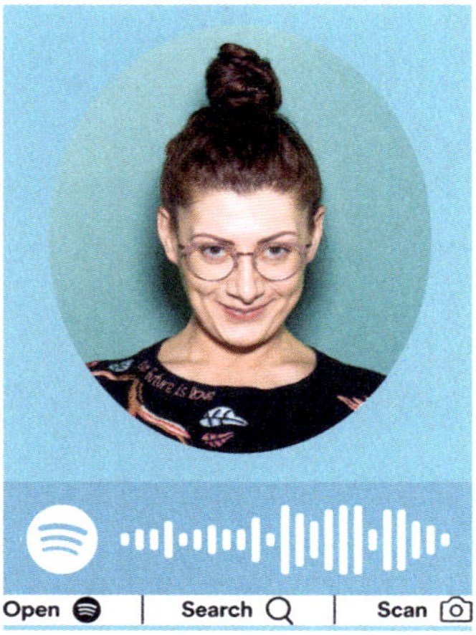

Aufgabe:

Fallen dir weitere Felder für unseren Schutzschild ein? Was sind deine Rituale vor dem Zubettgehen? Was könnte ihn noch stabiler machen?

Danke

Zuallererst möchte ich mich bei dir bedanken. Ich bin unsagbar stolz, dass du mir deine Zeit geschenkt hast, dass du mit mir so tief in meine Erinnerungen eingetaucht bist, und vor allem, dass du so mutig warst, gemeinsam mit mir neue Dinge auszuprobieren. Ich freue mich schon drauf, zu sehen, wie du die leeren Seiten gefüllt hast. Vielleicht entdecke ich sie ja bald bei Instagram, wenn du mich markierst. Oder du zeigst sie mir, wenn wir uns bei einem Auftritt kennenlernen, da würde ich mich freu'n. Die Termine findest du auf **www.unvergleichlich-du.de.**

Mama, deine bedingungslose Liebe schenkt mir jeden Tag das Gefühl von tiefer Geborgenheit. Ich hoffe, ich werde später mal so wie du. – Ich liebe dich.

Batomae, du bist nicht nur mein bester Freund – du bist der Mensch, ohne den es all das, was mich heute so glücklich macht und mit Stolz erfüllt, nicht geben würde. Danke, dass du an meiner Seite bist.

Manu, Sebastian, Sally, Stolli & Angie von Raschke Entertainment, wo sich Management wie Familie anfühlt. – Geht nicht? Gibt's nicht!

Roman und Markus von der AVA international, ihr lasst mich daran glauben, dass wirklich alles möglich und kein Traum zu groß ist.

Katharina vom Oetinger Verlag, danke, dass sich unsere unzähligen Mails und Telefonate nie nach Arbeit angefühlt haben.

Julia, Silke, Thilo, Alex, Helga, die eine Anne, die andere Anne, Anika, Judith, Anne-Sophie und das ganze, unvergleichliche Team vom Oetinger Verlag, bei euch fühl' ich mich zu Haus.

Josi, danke, dass ich mich in deine(n) niedlichen Zeichnungen so sehr (ver)liebe.

Maik Pallasch, Laura Markgraf & Spotify, ihr lasst unsere inneren Hymnen laut werden.

Fühlt euch alle gedrückt,
eure

Jana

MOMENTE